Biblioteca Era

Gabriel García Márquez
LA MALA HORA

Gabriel García Márquez

LA MALA HORA

Biblioteca Era

Nota a la primera edición

La primera vez que se publicó *La mala hora*, en 1962, un corrector de pruebas se permitió cambiar ciertos términos y almidonar el estilo, en nombre de la pureza del lenguaje. En esta ocasión, a su vez, el autor se ha permitido restituir las incorrecciones idiomáticas y las barbaridades estilísticas, en nombre de su soberana y arbitraria voluntad. Esta es, pues, la primera edición de *La mala hora*.

EL AUTOR

Primera edición: 1966
Primera reimpresión: 1967
Segunda reimpresión: 1968
Tercera reimpresión: 1970
Cuarta reimpresión: 1972
Quinta reimpresión: 1974
Sexta reimpresión: 1977
Séptima reimpresión: 1979
Octava reimpresión: 1980
Novena reimpresión: 1982
Décima reimpresión: 1984
Décimoprimera reimpresión: 1986
Décimosegunda reimpresión: 1989
ISBN: 968-411-202-5
© Gabriel García Márquez, 1962
DR Ediciones Era, S. A. de C. V.
Avena 102, 09810 México, D. F.
Impreso y hecho en México
Printed and Made in Mexico

El padre Angel se incorporó con un esfuerzo solemne. Se frotó los párpados con los huesos de las manos, apartó el mosquitero de punto y permaneció sentado en la estera pelada, pensativo un instante, el tiempo indispensable para darse cuenta de que estaba vivo, y para recordar la fecha y su correspondencia en el santoral. «Martes cuatro de octubre», pensó; y dijo en voz baja: «San Francisco de Asís».

Se vistió sin lavarse y sin rezar. Era grande, sanguíneo, con una apacible figura de buey manso, y se movía como un buey, con ademanes densos y tristes. Después de rectificar la botonadura de la sotana con la atención lánguida de los dedos con que se verifican las cuerdas de un arpa, descorrió la tranca y abrió la puerta del patio. Los nardos bajo la lluvia le recordaron las palabras de una ·canción.

—«El mar crecerá con mis lágrimas» —suspiró.

El dormitorio estaba comunicado con la iglesia por un corredor interno bordeado de macetas de flores, y calzado con ladrillos sueltos por cuyas junturas empezaba a crecer la hierba de octubre. Antes de dirigirse a la iglesia, el padre Angel entró en el excusado. Orinó en abundancia, conteniendo la respiración para no sentir el intenso olor amoniacal que le hacía saltar las lágrimas. Después salió al corredor, recordando: «Me llevará esta barca hasta tu sueño». En la angosta puertecita de la iglesia sintió por última vez el vapor de los nardos.

Dentro olía mal. Era una nave larga, también calzada con ladrillos sueltos, y con una sola puerta sobre la plaza. El padre Angel fue directamente a la base de la torre. Vio las pesas del reloj a más de un metro sobre su cabeza y pensó que aún tenía cuerda para una semana. Los zancudos lo asaltaron. Aplastó uno en la nuca con una palmada violenta y se limpió la mano en la cuerda de la campana. Luego oyó, arriba, el ruido visceral del complicado engranaje mecánico, y en seguida —sordas, profundas— las cinco campanadas de las cinco dentro de su vientre.

Esperó hasta el final de la última resonancia. Entonces agarró la cuerda con las dos manos, se la enrolló en las muñecas, e hizo sonar los bronces rotos con una convicción perentoria. Había cumplido 61 años. El ejercicio de las campanas era demasiado violento para su edad, pero siempre había convocado a misa personalmente, y ese esfuerzo le reconfortaba la moral.

Trinidad empujó la puerta de la calle mientras sonaban las campanas, y se dirigió al rincón donde la noche anterior había puesto trampas para los ratones. Encontró algo que le produjo al mismo tiempo repugnancia y placer: una pequeña masacre.

Abrió la primera trampa, cogió el ratón por la cola con el índice y el pulgar, y lo echó en una caja de cartón. El padre Angel acabó de abrir la puerta sobre la plaza.

—Buenos días, padre —dijo Trinidad.

El no registró su hermosa voz baritonal. La plaza desolada, los almendros dormidos bajo la lluvia, el pueblo inmóvil en el inconsolable amanecer de octubre le produjeron una sensación de desamparo. Pero cuando se acostumbró al rumor de la lluvia percibió, al fondo de la plaza, nítido y un poco irreal, el clarinete de Pastor. Sólo entonces respondió a los buenos días.

—Pastor no estaba con los de la serenata —dijo.

—No —confirmó Trinidad. Se acercó con la caja de ratones muertos—. Era con guitarras.

—Estuvieron como dos horas con una cancioncita tonta —dijo el padre—. «El mar crecerá con mis lágrimas». ¿No es así?

—Es la nueva canción de Pastor —dijo ella.

Inmóvil frente a la puerta el padre padecía una instantánea fascinación. Durante muchos años había oído el clarinete de Pastor, que a dos cuadras de allí se sentaba a ensayar, todos los días a las cinco, con el taburete recostado contra el horcón de su palomar. Era el mecanismo del pueblo funcionando a precisión: primero, las cinco campanadas de las cinco; después, el primer toque para misa, y después el clarinete de Pastor, en el patio de su casa, purificando con notas diáfanas y articuladas el aire cargado de porquería de palomas.

—La música es buena —reaccionó el padre—, pero la letra es tonta. Las palabras se pueden revolver al derecho y al revés y siempre da lo mismo: «me llevará este sueño hasta tu barca».

Dio media vuelta, sonriendo de su propio hallazgo, y fue a encender el altar. Trinidad lo siguió. Vestía una bata blanca y larga, con mangas hasta los puños, y la faja de seda azul de una congregación laica. Sus ojos eran de un negro intenso bajo las cejas encontradas.

—Estuvieron toda la noche por aquí cerca —dijo el padre.

—Donde Margot Ramírez —dijo Trinidad, distraída, haciendo sonar los ratones muertos dentro de la caja—. Pero anoche hubo algo mejor que la serenata.

El padre se detuvo y fijó en ella sus ojos de un azul silencioso.

—¿Qué fue?

—Pasquines —dijo Trinidad. Y soltó una risita nerviosa.

Tres casas más allá, César Montero soñaba con los elefantes. Los había visto el domingo en el cine. La lluvia se había precipitado media hora antes del final, y ahora la película continuaba en el sueño.

César Montero volvió todo el peso de su cuerpo monumental contra la pared, mientras los indígenas despavoridos escapaban al tropel de los elefantes. Su esposa lo empujó suavemente, pero ninguno de los dos despertó. «Nos vamos», murmuró él, y recuperó la posición inicial. Entonces despertó. En ese momento sonaba el segundo toque para misa.

Era una habitación con grandes espacios alambrados. La ventana sobre la plaza, también alambrada, tenía una cortina de cretona con flores amarillas. En la mesita de noche había un receptor de radio portátil, una lámpara y un reloj de cuadrante luminoso. Al otro lado, contra la pared, un enorme escaparate con puertas de espejo. Mientras se ponía las botas de montar, César Montero empezó a oír el clarinete de Pastor. Los cordones de cuero crudo estaban endurecidos por el barro. Los estiró con fuerza, haciéndolos pasar a través de la mano cerrada, más áspera que el cuero de los cordones. Luego buscó las espuelas, pero no las encontró debajo de la cama. Siguió vistiéndose en la penumbra, tratando de no hacer ruido para no despertar a su mujer. Cuando se abotonaba la camisa miró la hora en el reloj de la mesa y volvió a buscar las espuelas debajo de la cama. Pri-

10

mero las buscó con las manos. Progresivamente se puso a gatas y se metió a rastrear debajo de la cama. Su mujer despertó.

—¿Qué buscas?

—Las espuelas.

—Están colgadas detrás del escaparate —dijo ella—. Tu mismo las pusiste ahí el sábado.

Hizo a un lado el mosquitero y encendió la luz. El se incorporó avergonzado. Era monumental, de espaldas cuadradas y sólidas, pero sus movimientos eran elásticos aún con las botas de montar, cuyas suelas parecían dos listones de madera. Tenía una salud un poco bárbara. Parecía de edad indefinida, pero en la piel del cuello se notaba que había pasado de los cincuenta años. Se sentó en la cama para ponerse las espuelas.

—Todavía está lloviendo —dijo ella, sintiendo que sus huesos adolescentes habían absorbido la humedad de la noche—. Me siento como una esponja.

Pequeña, ósea, de nariz larga y aguda, tenía la virtud de no parecer acabada de despertar. Trató de ver la lluvia a través de la cortina. César Montero acabó de ajustarse las espuelas, se puso de pie y taconeó varias veces en el piso. La casa vibró con las espuelas de cobre.

—El tigre engorda en octubre —dijo.

Pero su esposa no lo oyó, extasiada en la melodía de Pastor. Cuando volvió a mirarlo estaba peinándose frente al escaparate, con las piernas abiertas y la cabeza inclinada, pues no cabía en los espejos.

Ella seguía en voz baja la melodía de Pastor.

—Estuvieron rastrillando esa canción toda la noche —dijo él.

—Es muy bonita —dijo ella.

Desanudó una cinta de la cabecera de la cama, se recogió el cabello en la nuca y suspiró, completamente despierta: «Me quedaré en tu sueño hasta la muerte». El no le puso atención. De una gaveta del escaparate donde había además algunas joyas, un pequeño reloj de mujer y una pluma estilográfica, extrajo una cartera con dinero. Retiró cuatro billetes y volvió a poner la cartera en el mismo sitio. Luego se metió en el bolsillo de la camisa seis cartuchos de escopeta.

—Si la lluvia sigue, no vengo el sábado —dijo.

Al abrir la puerta del patio, se demoró un instante en el umbral, respirando el sombrío olor de octubre mientras sus ojos se acostumbraban a la oscuridad. Iba a cerrar la puerta cuando sonó en el dormitorio la campanilla del despertador.

Su esposa saltó de la cama. El permaneció en suspenso, con la mano en la aldaba, hasta cuando ella interrumpió la campanilla. Entonces la miró por primera vez, pensativo.

—Anoche soñé con los elefantes —dijo.

Después cerró la puerta y se fue a ensillar la mula. La lluvia arreció antes del tercer toque. Un viento bajo arrancó a los almendros de la plaza sus últimas hojas podridas. Las luces públicas se apagaron pero las casas continuaban cerradas. César Montero metió la mula en la cocina y sin desmontar le gritó a su mujer que le llevara el impermeable. Se sacó la escopeta de dos cañones que llevaba terciada a la espalda y la amarró, horizontal, con las correas de la silla. Su esposa apareció en la cocina con el impermeable.

—Espérate a que escampe —le dijo sin convicción.

El se puso el impermeable en silencio. Luego miró hacia el patio.

—No escampará hasta diciembre.

12

Ella lo acompañó con la mirada hasta el otro extremo del corredor. La lluvia se desplomaba sobre las oxidadas láminas del techo, pero él se iba. Espoleando la mula, tuvo que arquearse en la silla para no tropezar con el travesaño de la puerta al salir al patio. Las gotas del alar reventaron como perdigones en sus espaldas. Desde el portón, gritó sin volver la cabeza:

—Hasta el sábado.

—Hasta el sábado —dijo ella.

La única puerta abierta en la plaza era la de la iglesia. César Montero miró hacia arriba y vio el cielo espeso y bajo, a dos cuartas de su cabeza. Se persignó, espoleó la mula y la hizo girar varias veces sobre las patas traseras, hasta que el animal se afirmó en el jabón del suelo. Entonces fue cuando vio el papel pegado en la puerta de su casa.

Lo leyó sin desmontar. El agua había disuelto el color, pero el texto escrito a pincel, con burdas letras de imprenta, seguía siendo comprensible. César Montero arrimó la mula a la pared, arrancó el papel y lo rompió en pedazos.

Con un golpe de rienda imprimió a la mula un trotecito corto, parejo, para muchas horas. Abandonó la plaza por una calle angosta y torcida, con casas de paredes de barro cuyas puertas soltaban al abrirse los rescoldos del sueño. Sintió olor de café. Sólo cuando dejaba atrás las últimas casas del pueblo hizo girar la mula, y con el mismo trotecito corto y parejo volvió a la plaza y se detuvo frente a la casa de Pastor. Allí descabalgó, sacó la escopeta y amarró la mula al horcón, haciendo cada cosa en su tiempo justo.

La puerta estaba sin tranca, bloqueada por debajo con un caracol gigante. César Montero entró en la salita en penumbra. Sintió una nota aguda y después un silencio de expectativa. Pasó al lado de cuatro sillas ordenadas en torno a una mesita con un tapete de lana y un frasco con flores artificiales. Por último se detuvo frente a la puerta del patio, se echó hacia atrás la capucha del impermeable, movió a tientas el seguro de la escopeta y con voz reposada, casi amable, llamó:

—Pastor

Pastor apareció en el vano de la puerta desatornillando la boquilla del clarinete. Era un muchacho magro, recto, con un bozo incipiente alineado con tijeras. Cuando vio a César Montero con los tacones afirmados en el piso de tierra y la escopeta a la altura del cinturón encañonada contra él, Pastor abrió la boca. Pero no dijo nada. Se puso pálido y sonrió. César Montero apretó primero los tacones contra el suelo, después la culata, con el codo, contra la cadera; después apretó los dientes, y al mismo tiempo el gatillo. La casa tembló con el estampido, pero César Montero no supo si fue antes o después de la conmoción cuando vio a Pastor del otro lado de la puerta, arrastrándose con una ondulación de gusano sobre un reguero de minúsculas plumas ensangrentadas.

El alcalde empezaba a dormirse en el momento del disparo. Había pasado tres noches en vela atormentado por el dolor de muela. Esa mañana, al primer toque para misa, tomó el octavo analgésico. El dolor cedió. La crepitación de la lluvia en el techo de zinc le ayudó a dormirse, pero la muela le siguió palpitando sin dolor mientras dormía. Cuando oyó el disparo, despertó de un salto y agarró el cinturón de cartucheras con el revólver, que siempre dejaba en una silla junto a la hamaca, al alcance de su mano izquierda. Pero

14

como sólo escuchó el ruido de la llovizna, creyó que había sido una pesadilla y volvió a sentir el dolor.

Tenía un poco de fiebre. En el espejo se dio cuenta de que se le estaba hinchando la mejilla. Destapó una cajita de vaselina mentolada y se la untó en la parte dolorida, tensa y sin afeitar. De pronto percibió, a través de la lluvia, un rumor de voces lejanas. Salió al balcón. Los habitantes de la calle, algunos en ropa de dormir, corrían hacia la plaza. Un muchacho volvió la cabeza hacia él, levantó los brazos y le gritó sin detenerse:

—César Montero mató a Pastor.

En la plaza, César Montero daba vueltas con la escopeta apuntada hacia la multitud. El alcalde lo reconoció con dificultad. Desenfundó el revólver con la mano izquierda y empezó a avanzar hacia el centro de la plaza. La gente le despejó el paso. Del salón de billar salió un agente de la policía, con el fusil montado, apuntando a César Montero. El alcalde le dijo en voz baja: «No dispares, animal». Enfundó el revólver, le quitó el fusil al agente y siguió hacia el centro de la plaza con el arma lista para ser disparada. La multitud se agolpó contra las paredes.

—César Montero —gritó el alcalde—, dame esa escopeta.

César Montero no lo había visto hasta entonces. De un salto se volvió hacia él. El alcalde presionó el gatillo, pero no disparó.

—Venga a buscarla —gritó César Montero.

El alcalde sostenía el fusil con la mano izquierda, y con la derecha se secaba los párpados. Calculaba cada paso, con el dedo tenso en el gatillo y los ojos fijos en César Montero. De pronto se detuvo y habló con una cadencia afectuosa:

—Tira al suelo la escopeta, César. No hagas más disparates.

César Montero retrocedió. El alcalde continuó con el dedo tenso en el gatillo. No se movió un solo músculo en su cuerpo, hasta que César Montero bajó la escopeta y la dejó caer. Entonces el alcalde se dio cuenta de que estaba vestido apenas con el pantalón de la piyama, de que estaba sudando bajo la lluvia y de que la muela había dejado de doler.

Las casas se abrieron. Dos agentes de la policía, armados de fusiles, corrieron hacia el centro de la plaza. La multitud se precipitó tras ellos. Los agentes saltaron en una media vuelta y gritaron con los fusiles montados:

—Atrás.

El alcalde gritó con la voz tranquila, sin mirar a nadie:

—Despejen la plaza.

La multitud se dispersó. El alcalde requisó a César Montero sin hacerle quitar el impermeable. Encontró cuatro cartuchos en el bolsillo de la camisa, y en el bolsillo posterior del pantalón una navaja con cachas de cuerno. Encontró en otro bolsillo una libreta de apuntes, una argolla con tres llaves y cuatro billetes de cien pesos. César Montero se dejó requisar, impasible, con los brazos abiertos, moviendo apenas el cuerpo para facilitar la operación. Cuando terminó, el alcalde llamó a los dos agentes, les entregó las cosas y les encomendó a César Montero.

—Lo llevan al segundo. piso de la alcaldía —ordenó—. Ustedes me responden por él.

César Montero se quitó el impermeable. Se lo dio a uno de los agentes, y caminó entre ellos, indiferente a la lluvia y a la perplejidad de la gente concentrada en la plaza. El alcalde lo miró alejarse, pensativo. Luego se volvió hacia la multitud, hizo un gesto de espantar gallinas, y gritó:

—Despejen.

Secándose la cara con el brazo desnudo, atravesó la plaza y entró en la casa de Pastor.

Derrumbada en una silla estaba la madre del muerto, entre un grupo de mujeres que la abanicaban con una diligencia despiadada. El alcalde hizo a un lado a una mujer. «Denle aire», dijo. La mujer se volvió hacia él.

—Acababa de salir para misa —dijo.

—Está bien —dijo el alcalde— pero ahora déjenla respirar.

Pastor estaba en el corredor, bocabajo contra el palomar, sobre un lecho de plumas ensangrentadas. Había un intenso olor a porquería de palomas. Un grupo de hombres trataba de levantar el cuerpo cuando el alcalde apareció en el umbral.

—Despejen —dijo.

Los hombres volvieron a colocar el cadáver sobre las plumas, en la misma posición en que lo encontraron, y retrocedieron en silencio. Después de examinar el cuerpo, el alcalde lo volteó. Hubo una dispersión de plumas minúsculas. A la altura del cinturón había más plumas adheridas a la sangre aún tibia y viva. Las apartó con las manos. La camisa estaba rota y la hebilla del cinturón destrozada. Debajo de la camisa vio las vísceras al descubierto. La herida había dejado de sangrar.

—Fue con una escopeta de matar tigres —dijo uno de los hombres.

El alcalde se incorporó. Se limpió las plumas ensangrentadas en un horcón del palomar, siempre contemplando el cadáver. Acabó de limpiarse la mano en el pantalón de la piyama y dijo al grupo:

—No lo muevan de ahí.

—Lo va a dejar tirado —dijo uno de los hombres.

—Hay que hacer la diligencia del levantamiento —dijo el alcalde.

En el interior de la casa empezó el llanto de las mujeres. El alcalde se abrió paso a través de los gritos y los olores sofocantes que empezaban a enrarecer el aire de la habitación. En la puerta de la calle encontró al padre Angel.

—Está muerto —exclamó el padre, perplejo.

—Como un cochino —respondió el alcalde.

Las casas estaban abiertas en torno a la plaza. La lluvia había cesado pero el cielo denso flotaba encima de los techos, sin un resquicio para el sol. El padre Angel detuvo al alcalde por el brazo.

—César Montero es un buen hombre —dijo—; esto debió ser un momento de ofuscación.

—Ya lo sé —dijo el alcalde, impaciente—. No se preocupe, padre, que no le va a pasar nada. Entre ahí, que es donde lo están necesitando.

Se alejó con una cierta violencia y ordenó a los agentes que suspendieran la guardia. La multitud, hasta entonces mantenida a raya, se precipitó hacia la casa de Pastor. El alcalde entró en el salón de billar, donde un agente de la policía lo esperaba con una muda de ropa limpia: su uniforme de teniente.

De ordinario, el establecimiento no estaba abierto a esa hora. Aquel día, antes de las siete, estaba atestado. En torno a las mesitas de cuatro puestos, o recostados contra el mostrador, algunos hombres tomaban café. La mayoría llevaba aún el saco de la piyama y las pantuflas.

18

El alcalde se desnudó en presencia de todos, se secó a medias con el pantalón de la piyama, y empezó a vestirse en silencio, pendiente de los comentarios. Cuando abandonó el salón estaba perfectamente enterado de los pormenores del incidente.

—Tengan cuidado —gritó desde la puerta—; al que me desordene el pueblo lo meto a la guandoca.

Descendió por la calle empedrada, sin saludar a nadie, pero dándose cuenta de la excitación del pueblo. Era joven, de ademanes fáciles, y en cada paso revelaba el propósito de hacerse sentir.

A las siete, las lanchas que hacían el tráfico de carga y pasajeros tres veces por semana, lanzaron un silbido, abandonando el muelle, sin que nadie les prestara la atención de otros días. El alcalde descendió por la galería donde los comerciantes sirios empezaban a exhibir su mercancía de colores. El doctor Octavio Giraldo, un médico sin edad y con la cabeza llena de rizos charolados, veía bajar las lanchas desde la puerta de su consultorio. También él llevaba el saco de la piyama y las pantuflas.

—Doctor —dijo el alcalde—, vístase para que vaya a hacer la autopsia.

El médico lo observó intrigado. Descubrió una larga hilera de dientes blancos y sólidos. «De manera que ahora hacemos autopsias», dijo, y agregó:

—Evidentemente, esto es un gran progreso.

El alcalde trató de sonreir, pero se lo impidió la sensibilidad de la mejilla. Se tapó la boca con la mano.

—¿Qué le pasa? —preguntó el médico.

—Una puta muela.

El doctor Giraldo parecía dispuesto a conversar. Pero el alcalde tenía prisa.

Al final del muelle llamó a una casa con paredes

de cañabrava sin embarrar, cuyo techo de palma descendía casi hasta el nivel del agua. Le abrió una mujer de piel verdosa, encinta de siete meses. Estaba descalza. El alcalde la hizo a un lado y entró a la salita en penumbra.

—Juez —llamó.

El juez Arcadio apareció en la puerta interior, arrastrando los zuecos. Tenía un pantalón de dril, sin correa, sostenido debajo del ombligo, y el torso desnudo.

—Prepárese para el levantamiento del cadáver —dijo el alcalde.

El juez Arcadio lanzó un silbido de perplejidad.

—¿Y de dónde le salió esta novelería?

El alcalde siguió de largo hasta el dormitorio. «Esto es distinto», dijo, abriendo la ventana para purificar el aire cargado de sueño. «Es mejor hacer las cosas bien hechas». Se limpió en el pantalón planchado el polvo de las manos, y preguntó sin el menor indicio de sarcasmo:

—¿Sabe cómo es la diligencia del levantamiento?

—Por supuesto —dijo el juez.

El alcalde se miró las manos frente a la ventana. «Llame a su secretario para lo que haya que escribir», dijo, otra vez sin intención. Luego se volvió hacia la muchacha con las palmas de las manos extendidas. Tenía rastros de sangre.

—¿Dónde puedo lavarme?

—En la alberca —dijo ella.

El alcalde salió al patio. La muchacha buscó en el baúl una toalla limpia y envolvió en ella un jabón de olor.

Salió al patio en el momento en que el alcalde volvía al dormitorio, sacudiéndose las manos.

—Le llevaba el jabón —dijo ella.

—Así está bien —dijo el alcalde. Volvió a mirarse las palmas de las manos. Cogió la toalla y se secó, pensativo, mirando al juez Arcadio.

—Estaba lleno de plumas de paloma —dijo.

Sentado en la cama, tomando a sorbos espaciados una taza de café negro, esperó hasta cuando el juez Arcadio acabó de vestirse. La muchacha los siguió a través de la sala.

—Mientras no se saque esa muela no se le bajará la hinchazón —le dijo al alcalde.

El empujó al juez Arcadio hacia la calle, se volvió a mirarla y le tocó con el índice el vientre abultado.

—¿Y esta hinchazón, cuándo se te baja?

—Ya casi —dijo ella.

El padre Angel no hizo su acostumbrado paseo vespertino. Después del entierro se detuvo a conversar en una casa de los barrios bajos, y permaneció allí hasta el atardecer. Se sentía bien, a pesar de que las lluvias prolongadas le producían de ordinario dolores en las vértebras. Cuando llegó a su casa estaba encendido el alumbrado público.

Trinidad regaba las flores del corredor. El padre le preguntó por las hostias sin consagrar y ella le contestó que las había puesto en el altar mayor. El vaho de los zancudos lo envolvió al encender la luz del cuarto. Antes de cerrar la puerta fumigó insecticida en la habitación, sin una sola tregua, estornudando a causa del olor. Cuando terminó estaba sudando. Se cambió la sotana negra por la blanca y remendada que usaba en privado, y fue a dar el Angelus.

De regreso al cuarto puso una sartén al fuego y echó a freír un pedazo de carne, mientras cortaba una cebolla en rebanadas. Luego puso todo en un plato donde había un trozo de yuca sancochada y un poco de arroz frío, sobrantes del almuerzo. Llevó el plato a la mesa y se sentó a comer.

Comió de todo al mismo tiempo, cortando pedacitos de cada cosa y apelmazándolos con el cuchillo en el tenedor. Masticaba concienzudamente, triturando con sus muelas taponadas de plata hasta el último grano, pero con los labios apretados. Mientras lo hacía, soltaba el tenedor y el cuchillo en los bordes del plato, y examinaba la habitación con una mirada continua y perfectamente consciente. Frente a él estaba el armario con los voluminosos libros del archivo parroquial. En el rincón una mecedora de mimbre de espaldar alto, con un cojín cosido a la altura de la cabeza. Detrás del mecedor había un cancel con un crucifijo, colgado junto a un calendario de propaganda de un jarabe para la tos. Al otro lado del cancel estaba el dormitorio.

Al término de la comida, el padre Angel sintió que se asfixiaba. Desenvolvió un bocadillo de dulce de guayaba, echó agua en el vaso hasta los bordes y se comió la pasta azucarada mirando el calendario. Entre cada bocado tomó un sorbo de agua, sin desviar la vista del calendario. Por último, eructó y se limpió los labios con la manga. Durante diecinueve años había comido así, solo en su despacho, repitiendo cada movimiento con una precisión escrupulosa. Nunca había sentido vergüenza de su soledad.

Después del rosario, Trinidad le pidió dinero para comprar arsénico. El padre se lo negó por tercera vez, argumentando que era suficiente con las trampas. Trinidad insistió:

—Es que los ratones más chiquitos se llevan el queso y no caen en las trampas. Por eso es mejor envenenar el queso.

El padre admitió que Trinidad tenía razón. Pero antes de que pudiera expresarlo, irrumpió en la quietud de la iglesia el ruidoso altoparlante del salón de cine en la acera de enfrente. Primero fue un ronquido sordo. Después la raspadura de la aguja en el disco y en seguida un mambo que se inició con una trompeta estridente.

—¿Hay función? —preguntó el padre.

Trinidad dijo que sí.

—¿Sabes qué dan?

—Tarzán y la diosa verde —dijo Trinidad—. La misma que no pudieron terminar el domingo por la lluvia. Buena para todos.

El padre Angel fue a la base de la torre y dio doce toques espaciados. Trinidad estaba ofuscada.

—Se equivocó, padre —dijo, agitando las manos y con un brillo de conmoción en los ojos—. Es una película buena para todos. Recuerde que el domingo no le dio ningún toque.

—Pero es una falta de consideración con el pueblo —dijo el padre secándose el sudor del cuello. Y repitió jadeante—: una falta de consideración.

Trinidad comprendió.

—Hay que haber visto ese entierro —dijo el padre—. Todos los hombres se peleaban por llevar la caja.

Luego despidió a la muchacha, cerró la puerta sobre la plaza desierta y apagó las luces del templo. En el corredor, de vuelta al dormitorio, se dio una palmadita en la frente al recordar que había olvidado darle a Trinidad el dinero para el arsénico. Pero había vuelto a olvidarlo antes de llegar a la habitación.

Poco después, sentado en la mesa de trabajo, se

disponía a terminar una carta comenzada la noche anterior. Se había desabotonado la sotana hasta la altura del estómago, y ordenaba en la mesa el bloc de papel, el tintero y el secante, mientras se registraba los bolsillos en busca de los lentes. Luego recordó haberlos dejado en la sotana que llevó al entierro, y se levantó a buscarlos. Había releído lo escrito la noche anterior y comenzado un nuevo párrafo, cuando dieron tres golpes en la puerta.

—Adelante.

Era el empresario del salón de cine. Pequeño, pálido, muy bien afeitado, tenía una expresión de fatalidad. Vestía de lino blanco, intachable, y llevaba zapatos de dos colores. El padre Angel le indicó que se sentara en la mecedora de mimbre, pero él sacó un pañuelo del bolsillo del pantalón, lo desdobló escrupulosamente, sacudió el polvo del escaño, y se sentó con las piernas abiertas. El padre Angel vio entonces que no era un revólver sino una linterna de pilas lo que llevaba en el cinturón.

—A sus órdenes —dijo el padre.

—Padre —dijo el empresario, casi sin aliento—, perdóneme que me meta en sus asuntos, pero esta noche debe haber un error.

El padre afirmó con la cabeza y esperó.

—Tarzán y la diosa verde es una película buena para todos —prosiguió el empresario—. Usted mismo lo reconoció el domingo.

El padre trató de interrumpirlo, pero el empresario levantó una mano en señal de que aún no había terminado.

—Yo he aceptado la cuestión de los toques —dijo— porque es cierto que hay películas inmorales. Pero ésta no tiene nada de particular. Pensábamos darla el sábado en función infantil.

El padre Angel le explicó entonces que, en efecto, la película no tenía ninguna calificación moral en la lista que recibía todos los meses por correo.

—Pero dar cine hoy —continuó— es una falta de consideración habiendo un muerto en el pueblo. También eso hace parte de la moral.

El empresario lo miró.

—El año pasado la misma policía mató un hombre dentro del cine, y apenas sacaron al muerto se siguió la película —exclamó.

—Ahora es distinto —dijo el padre— el alcalde es un hombre cambiado.

—Cuando vuelva a haber elecciones volverá la matanza —replicó el empresario, exasperado—. Siempre, desde que el pueblo es pueblo, sucede la misma cosa.

—Veremos —dijo el padre.

El empresario lo examinó con una mirada de pesadumbre. Cuando volvió a hablar, sacudiéndose la camisa para ventilarse el pecho, su voz había adquirido un fondo de súplica.

—Es la tercera película buena para todos que nos llega este año —dijo—. El domingo se quedaron tres rollos sin dar por culpa de la lluvia y hay mucha gente que quiere saber cómo termina.

—Ya los toques están dados —dijo el padre.

El empresario lanzó un suspiro de desesperación. Esperó, mirando de frente al sacerdote, y ya sin pensar realmente en nada distinto del intenso calor del despacho.

—¿Entonces, no hay nada que hacer?

El padre Angel movió la cabeza.

El empresario se dio una palmadita en las rodillas y se levantó.

—Está bien —dijo—. Qué le vamos a hacer.

Volvió a doblar el pañuelo, se secó el sudor del cuello y examinó el despacho con un rigor amargo.

—Esto es un infierno —dijo.

El padre lo acompañó hasta la puerta. Pasó la aldaba y se sentó a terminar la carta. Después de leerla otra vez desde el comienzo, finalizó el párrafo interrumpido y se detuvo a pensar. En ese momento cesó la música del altoparlante. «Se anuncia al respetable público —dijo una voz impersonal— que la función de esta noche ha sido suspendida, porque también esta empresa quiere asociarse al duelo». El padre Angel, sonriendo, reconoció la voz del empresario.

El calor se hizo más intenso. El párroco siguió escribiendo, con breves pausas para secarse el sudor y releer lo escrito, hasta llenar dos hojas. Acababa de firmar cuando la lluvia se desplomó sin ninguna advertencia. Un vapor de tierra húmeda penetró en el cuarto. El padre Angel escribió el sobre, tapó el tintero y se dispuso a doblar la carta. Pero antes leyó de nuevo el último párrafo. Entonces volvió a destapar el tintero y escribió una postdata: *Está lloviendo otra vez. Con este invierno y las cosas que arriba le cuento, creo que nos esperan días amargos.*

El viernes amaneció tibio y séco. El juez Arcadio, que se vanagloriaba de haber hecho el amor tres veces por noche desde que lo hizo por primera vez, reventó aquella mañana las cuerdas del mosquitero y cayó al suelo con su mujer en el momento supremo, enredados en el toldo de punto.

—Déjalo así —murmuró ella—. Yo lo arreglo después.

Surgieron completamente desnudos de entre las confusas nebulosas del mosquitero. El juez Arcadio fue al baúl a buscar un calzoncillo limpio. Cuando volvió, su mujer estaba vestida, arreglando el mosquitero. Pasó de largo, sin mirarla, y se sentó a ponerse los zapatos del otro lado de la cama, con la respiración todavía alterada por el amor. Ella lo persiguió. Apoyó el vientre redondo y tenso contra su brazo y buscó su oreja con los dientes. El la separó con suavidad.

—Déjame quieto —dijo.

Ella soltó una risa cargada de buena salud. Siguió a su marido hasta el otro extremo de la habitación hurgándole con los índices en los riñones. «Arre burrito», decía. El dio un salto y le apartó las manos. Ella lo dejó en paz y volvió a reír, pero de pronto se puso seria y gritó:

—¡Jesucristo!

—¿Qué fue? —preguntó él.

—Que la puerta estaba de par en par —gritó—. Ya esta es mucha sinvergüencería.

Entró al baño reventando de risa.

El juez Arcadio no esperó el café. Reconfortado por la menta de la pasta dentífrica, salió a la calle. Había un sol de cobre. Los sirios sentados a la puerta de sus almacenes contemplaban el río apacible. Al pasar frente al consultorio del doctor Giraldo raspó con la uña la red metálica de la puerta y gritó sin detenerse:

—Doctor, ¿cuál es el mejor remedio para el dolor de cabeza?

El médico respondió en el interior:

—No haber bebido anoche.

En el puerto, un grupo de mujeres comentaba en voz alta el contenido de un nuevo pasquín puesto la noche anterior. Como el día amaneció claro y sin lluvia, las mujeres que pasaron para la misa de cinco lo leyeron y ahora todo el pueblo estaba enterado. El juez Arcadio no se detuvo. Se sintió como un buey, con una argolla en la nariz, tirado hacia el salón de billar. Allí pidió una cerveza helada y un analgésico. Acababan de dar las nueve pero ya el establecimiento estaba lleno.

—Todo el pueblo tiene dolor de cabeza —dijo el juez Arcadio.

Llevó la botella a una mesa donde tres hombres parecían perplejos frente a sus vasos de cerveza. Se sentó en el puesto libre.

—¿Sigue la vaina? —preguntó.

—Hoy amanecieron cuatro.

—El que leyó todo el mundo —dijo uno de los hombres— fue el de Raquel Contreras.

El juez Arcadio masticó el analgésico y tomó cerveza en la botella. Le repugnó el primer trago, pero luego el estómago se afianzó y se sintió nuevo y sin pasado.

—¿Qué decía?

—Pendejadas —dijo el hombre—. Que los viajes que

ha hecho este año no fueron para calzarse los dientes, como ella dice, sino para abortar.

—No tenían que tomarse el trabajo de poner un pasquín —dijo el juez Arcadio—; eso lo anda diciendo todo el mundo.

Aunque el sol caliente le dolió en el fondo de los ojos cuando abandonó el establecimiento, no experimentaba entonces el confuso malestar del amanecer. Fue directamente al juzgado. Su secretario, un viejo escuálido que pelaba una gallina, lo recibió por encima de la armadura de los anteojos con una mirada de incredulidad.

—¿Y ese milagro?

—Hay que poner en marcha esta vaina —dijo el juez.

El secretario salió al patio arrastrando las pantuflas, y por encima de la cerca le dio la gallina a medio pelar a la cocinera del hotel. Once meses después de haber tomado posesión del cargo, el juez Arcadio se instaló por primera vez en su escritorio.

La destartalada oficina estaba dividida en dos secciones por una verja de madera. En la sección exterior había un escaño, también de madera, bajo el cuadro de la justicia vendada con una balanza en la mano. Dentro, dos viejos escritorios enfrentados, un estante de libros polvorientos y la máquina de escribir. En la pared, sobre el escritorio del juez, un crucifijo de cobre. En la pared de enfrente, una litografía enmarcada: un hombre sonriente, gordo y calvo, con el pecho cruzado por la banda presidencial, y debajo una leyenda dorada: «Paz y Justicia». La litografía era lo único nuevo en el despacho.

El secretario se embozó con un pañuelo y se puso a sacudir con un plumero el polvo de los escritorios.

«Si no se tapa la nariz le da catarro», dijo. El consejo no fue atendido. El juez Arcadio se echó hacia atrás en la silla giratoria, estirando las piernas para probar los resortes.

—¿No se cae? —preguntó.

El secretario negó con la cabeza. «Cuando mataron al juez Vitela —dijo— se le saltaron los resortes; pero ya está compuesta». Sin quitarse el embozo, agregó:

—El mismo alcalde la mandó a componer cuando cambió el gobierno y empezaron a salir investigadores especiales por todos lados.

—El alcalde quiere que la oficina funcione —dijo el juez.

Abrió la gaveta central, sacó un mazo de llaves, y uno tras otro fue tirando de los cajones. Estaban llenos de papeles. Los examinó superficialmente, levantándolos con el índice para estar seguro de que no había nada que le llamara la atención, y luego cerró los cajones y puso en orden los útiles del escritorio: un tintero de cristal con un recipiente rojo y otro azul, y un plumero para cada recipiente, con el respectivo color. La tinta se había secado.

—Usted le cayó bien al alcalde —dijo el secretario.

Meciéndose en la silla, el juez lo persiguió con una mirada sombría mientras limpiaba el pasamanos. El secretario lo contempló como si tuviera el propósito de no olvidarlo jamás bajo aquella luz, en ese instante y en esa posición, y dijo señalándolo con el índice:

—Así como está usted ahora, ni más ni menos, estaba el juez Vitela cuando lo perforaron a tiros.

El juez se tocó en las sienes las venas pronunciadas. Volvía el dolor de cabeza.

—Yo estaba ahí —prosiguió el secretario, señalando

hacia la máquina de escribir, mientras pasaba hacia el exterior de la verja. Sin interrumpir el relato se apoyó en el pasamanos con el plumero encañonado como un fusil contra el juez Arcadio. Parecía un salteador de correos en una película de vaqueros.

—Los tres policías se pusieron así —dijo—. El juez Vitela apenas alcanzó a verlos y levantó los brazos, diciendo muy despacio: «No me maten». Pero en seguida salió la silla por un lado y él por el otro, cosido a plomo.

El juez Arcadio se apretó el cráneo con las manos. Sentía palpitar el cerebro. El secretario se quitó el embozo y colgó el plumero detrás de la puerta. «Y todo porque dijo en una borrachera que él estaba aquí para garantizar la pureza del sufragio», dijo. Quedó en suspenso, mirando al juez Arcadio que se dobló sobre el escritorio con las manos en el estómago.

—¿Está jodido?

El juez dijo que sí. Le habló de la noche anterior y pidió que le llevara del salón de billar un analgésico y dos cervezas heladas. Cuando terminó la primera cerveza el juez Arcadio no encontró en su corazón el menor rastro de remordimiento. Estaba lúcido.

El secretario se sentó frente a la máquina.

—¿Y ahora qué hacemos? —preguntó.

—Nada —dijo el juez.

—Entonces, si me permite, voy a buscar a María para ayudarle a pelar las gallinas.

El juez se opuso. «Esta es una oficina para administrar justicia y no para pelar gallinas», dijo. Examinó a su subalterno de arriba a abajo con un aire de conmiseración, y agregó:

—Además, tiene que botar esas pantuflas y venir a la oficina con zapatos.

El calor se hizo más intenso con la proximidad del mediodía. Cuando dieron las doce, el juez Arcadio había consumido una docena de cervezas. Navegaba en los recuerdos. Con una ansiedad soñolienta hablaba de un pasado sin privaciones, con largos domingos de mar y mulatas insaciables que hacían el amor de pie, detrás del portón de los zaguanes. «La vida era entonces así», decía, haciendo chasquear el pulgar y el índice, ante el manso estupor del secretario que lo escuchaba sin hablar, aprobando con la cabeza. El juez Arcadio se sentía embotado, pero cada vez más vivo en los recuerdos.

Cuando sonó la una en la torre, el secretario dio muestras de impaciencia.

—Se enfría la sopa —dijo.

El juez no le permitió incorporarse. «No siempre se encuentra uno en estos pueblos con un hombre de talento», dijo, y el secretario le dio las gracias, agotado por el calor, y cambió de posición en la silla. Era un viernes interminable. Bajo las ardientes láminas del techo, los dos hombres conversaron media hora más mientras el pueblo se cocinaba en el caldo de la siesta. En el extremo del agotamiento el secretario hizo entonces una alusión a los pasquines. El juez Arcadio se encogió de hombros.

—Tú también estás pendiente de esa pendejada, —dijo, tuteándolo por primera vez.

El secretario no tenía deseos de seguir conversando, extenuado por el hambre y la sofocación, pero no creyó que los pasquines fueran una tontería. «Ya hubo el primer muerto», dijo. «Si las cosas siguen así tendremos una mala época». Y contó la historia de un pueblo que fue liquidado en siete días por los pasquines. Sus habitantes terminaron matándose entre sí.

32

Los sobrevivientes desenterraron y se llevaron los huesos de sus muertos para estar seguros de no volver jamás.

El juez lo escuchó con expresión de burla, desabotonándose la camisa lentamente mientras el otro hablaba. Pensó que su secretario era aficionado a las narraciones de terror.

—Este es un caso sencillísimo de novela policiaca —dijo.

El subalterno movió la cabeza. El juez Arcadio contó que en la universidad perteneció a una organización consagrada a descifrar enigmas policiacos. Cada uno de los miembros leía una novela de misterio hasta una clave determinada, y se reunían los sábados a descifrar el enigma. «No fallé ni una vez», dijo. «Por supuesto, me favorecían mis conocimientos de los clásicos, que habían descubierto una lógica de la vida capaz de penetrar cualquier misterio». Planteó un enigma: un hombre se inscribe en un hotel a las diez de la noche, sube a su pieza, y a la mañana siguiente la camarera que le lleva el café lo encuentra muerto y podrido en la cama. La autopsia demuestra que el huésped llegado la noche anterior está muerto desde hace ocho días.

El secretario se incorporó con un largo crujido de articulaciones.

—Quiere decir que cuando llegó al hotel ya tenía siete días de muerto —dijo el secretario.

—El cuento fue escrito hace doce años —dijo el juez Arcadio, pasando por alto la interrupción—, pero la clave había sido dada por Heráclito, cinco siglos antes de Cristo.

Se dispuso a revelarla, pero el secretario estaba exasperado. «Nunca, desde que el mundo es mundo, se ha sabido quién pone los pasquines», sentenció con una tensa agresividad. El juez Arcadio lo contempló con

33

los ojos torcidos.

—Te apuesto a que yo lo descubro —dijo.

—Apostado.

Rebeca de Asís se ahogaba en el caluroso dormitorio de la casa de enfrente, la cabeza hundida en la almohada, tratando de dormir una siesta imposible. Tenía hojas ahumadas adheridas a las sienes.

—Roberto —dijo, dirigiéndose a su marido— si no abres la ventana nos vamos a morir de calor.

Roberto Asís abrió la ventana en el momento en que el juez Arcadio abandonaba su oficina.

—Trata de dormir —suplicó a la exuberante mujer que yacía con los brazos abiertos bajo el dosel de punto rosado, enteramente desnuda dentro de una ligera camisa de nailon—. Te prometo que no vuelvo a acordarme de nada.

Ella lanzó un suspiro.

Roberto Asís, que pasaba la noche dando vueltas en el dormitorio, encendiendo un cigarrillo con la colilla del otro sin poder dormir, había estado a punto de sorprender aquella madrugada al autor de los pasquines. Había oído frente a su casa el crujido del papel y el roce repetido de las manos tratando de alisarlo en la pared. Pero comprendió demasiado tarde y el pasquín había sido puesto. Cuando abrió la ventana, la plaza estaba desierta.

Desde ese momento hasta las dos de la tarde, cuando prometió a su mujer que no volvería a acordarse del pasquín, ella había agotado todas las formas de la persuasión para tratar de apaciguarlo. Por último propuso una fórmula desesperada: como prueba final de su inocencia, ofrecía confesarse con el padre Angel en voz alta y en presencia de su marido. El solo ofrecimiento de aquella humillación había valido la pena. A pesar de su ofuscación, él no se atrevió a dar el paso siguiente, y tuvo que capitular.

—Siempre es mejor hablar las cosas —dijo ella sin abrir los ojos—. Habría sido un desastre que te hubieras quedado con el entripado.

El ajustó la puerta al salir. En la amplia casa en penumbra, completamente cerrada, percibió el zumbido del ventilador eléctrico de su madre, que hacía la siesta en la casa vecina. Se sirvió un vaso de limonada en el refrigerador, bajo la mirada soñolienta de la cocinera negra.

Desde su fresco ámbito personal la mujer le preguntó si quería almorzar. El destapó la olla. Una tortuga entera flotaba patas arriba en el agua hirviendo. Por primera vez no se estremeció con la idea de que el animal había sido echado vivo en la olla, y de que su corazón seguiría latiendo cuando lo llevaran descuartizado a la mesa.

—No tengo hambre —dijo, tapando la olla. Y agregó desde la puerta—: La señora tampoco va a almorzar. Ha pasado todo el día con dolor de cabeza.

Las dos casas estaban comunicadas por un corredor de baldosas verdes desde donde podía verse el gallinero de alambre en el fondo del patio común. En la parte del corredor correspondiente a la casa de la madre, había varias jaulas de pájaros colgadas en el alar, y muchas macetas con flores de colores intensos.

Desde la silla de extensión donde acababa de hacer la siesta, su hija de siete años lo recibió con un saludo quejumbroso. Tenía aún la trama del lienzo impresa en la mejilla.

—Van a ser las tres —señaló él en voz muy baja.

Y añadió melancólicamente—: Procura darte cuenta de las cosas.

—Soñé con un gato de vidrio —dijo la niña.

El no pudo reprimir un ligero estremecimiento.

—¿Cómo era?

—Todo de vidrio —dijo la niña, tratando de dar forma con las manos al animal del sueño—; como un pájaro de vidrio, pero gato.

El se encontró perdido, a pleno sol, en una ciudad extraña. «Olvídalo», murmuró. «Una cosa así no vale la pena». En ese momento vio a su madre en la puerta del dormitorio, y se sintió rescatado.

—Estás mejor —afirmó.

La viuda de Asís le devolvió una expresión amarga. «Cada día estoy mejor para botar», se quejó, haciéndose un moño con la abundante cabellera color de hierro. Salió al corredor a cambiar el agua de las jaulas.

Roberto Asís se derrumbó en la silla de extensión donde había dormido su hija. Con la nuca apoyada en las manos siguió con sus ojos marchitos a la huesuda mujer vestida de negro que conversaba en voz baja con los pájaros. Se zambullían en el agua fresca, salpicando con sus alegres aleteos el rostro de la mujer. Cuando terminó con las jaulas, la viuda de Asís envolvió a su hijo en un aura de incertidumbre.

—Te hacía en el monte —dijo.

—No me fui —dijo él—; tenía que hacer algunas cosas.

—Ya no te irás hasta el lunes.

El asintió con los ojos. Una sirvienta negra, descalza, atravesó la sala con la niña para llevarla a la escuela. La viuda de Asís permaneció en el corredor hasta cuando salieron. Luego hizo una seña a su hijo y éste la siguió hasta el amplio dormitorio donde zumbaba el ventilador eléctrico. Ella se dejó caer en un desvencijado mecedor de bejuco, frente al ventilador, con un aire de extremado agotamiento. De las paredes blanqueadas con cal pendían fotografías de niños antiguos enmarcados en viñetas de cobre. Roberto Asís se tendió en la suntuosa cama tronal donde habían muerto, decrépitos y de mal humor, algunos de los niños de las fotografías, inclusive su propio padre, en diciembre anterior.

—¿Qué es lo que pasa? —preguntó la viuda.

—¿Tú crees lo que dice la gente? —preguntó él a su vez.

—A mi edad hay que creer en todo —repuso la viuda. Y preguntó con indolencia—: ¿Qué es lo que dicen?

—Que Rebeca Isabel no es hija mía.

La viuda empezó a mecerse lentamente. «Tiene la nariz de los Asís», dijo. Después de pensar un momento preguntó distraída: «¿quién lo dice?». Roberto Asís se mordisqueó las uñas.

—Pusieron un pasquín.

Sólo entonces comprendió la viuda que las ojeras de su hijo no eran el sedimento de un largo insomnio.

—Los pasquines no son la gente —sentenció.

—Pero sólo dicen lo que ya anda diciendo la gente —dijo Roberto Asís—; aunque uno no lo sepa.

Ella, sin embargo, sabía todo lo que el pueblo había dicho de su familia durante muchos años. En una casa como la suya, llena de sirvientas, ahijadas y protegidas de todas las edades, era imposible encerrarse en el dormitorio sin que hasta allí la persiguieran los rumores de la calle. Los turbulentos Asís, fundadores del pueblo cuando no eran más que porquerizos, parecían tener

37

la sangre dulce para la murmuración.

—No todo lo que dicen es cierto —dijo—; aunque uno lo sepa.

—Todo el mundo sabe que Rosario de Montero se acostaba con Pastor —dijo él—. Su última canción era para ella.

—Todo el mundo lo decía, pero nadie lo supo a ciencia cierta —repuso la viuda—. En cambio, ahora se sabe que la canción era para Margot Ramírez. Se iban a casar y sólo ellos y la madre de Pastor lo sabían. Más les hubiera valido no defender tan celosamente el único secreto que ha podido guardarse en este pueblo.

Roberto Asís miró a su madre con una vivacidad dramática. «Hubo un momento, esta mañana, en que creí que me iba a morir», dijo. La viuda no pareció conmovida.

—Los Asís son celosos —dijo—; esa ha sido la mayor desgracia de esta casa.

Permanecieron largo rato en silencio. Eran casi las cuatro y había empezado a bajar el calor. Cuando Roberto Asís apagó el ventilador eléctrico, la casa entera despertaba llena de voces de mujer y flautas de pájaros.

—Alcánzame el frasquito que está en la mesa de noche —dijo la viuda.

Tomó dos pastillas grises y redondas como dos perlas artificiales, y devolvió el frasco a su hijo, diciendo: «Tómate dos; te ayudarán a dormir». El las tomó con el agua que su madre había dejado en el vaso, y recostó la cabeza en la almohada.

La viuda suspiró. Hizo un silencio pensativo. Luego, haciendo, como siempre, una generalización a todo el pueblo cuando pensaba en la media docena de familias que constituían su clase, dijo:

—Lo malo de este pueblo es que las mujeres tienen que quedarse solas en la casa mientras los hombres andan por el monte.

Roberto Asís empezaba a dormirse. La viuda observó el mentón sin afeitar, la larga nariz de cartílagos angulosos, y pensó en su esposo muerto. También Adalberto Asís había conocido la desesperación. Era un gigante montaraz que se puso un cuello de celuloide durante quince minutos en toda su vida para hacerse el daguerrotipo que le sobrevivía en la mesita de noche. Se decía de él que había asesinado en ese mismo dormitorio a un hombre que encontró acostado con su esposa, y que lo había enterrado clandestinamente en el patio. La verdad era distinta: Adalberto Asís había matado de un tiro de escopeta a un mico que sorprendió masturbándose en la viga del dormitorio, con los ojos fijos en su esposa, mientras ésta se cambiaba de ropa. Había muerto cuarenta años más tarde sin poder rectificar la leyenda.

El padre Angel subió la empinada escalera de peldaños separados. En el segundo piso, al fondo de un corredor con fusiles y cartucheras colgadas en la pared, un agente de la policía leía tumbado bocarriba en un catre de campaña. Estaba tan absorto en la lectura que no advirtió la presencia del padre sino cuando oyó el saludo. Enrolló la revista y se sentó en el catre.

—¿Qué lee? —preguntó el padre Angel.

El agente le mostró la revista.

—Terry y los Piratas.

El padre examinó con una mirada continua las tres celdas de cemento armado, sin ventanas, cerradas hacia el corredor con gruesas barras de hierro. En la celda central otro agente dormía en calzoncillos, despatarrado en una hamaca. Las otras estaban vacías. El padre Angel preguntó por César Montero.

—Está ahí —dijo el agente, señalando con la cabeza hacia una puerta cerrada—. Es el cuarto del comandante.

—¿Puedo hablar con él?

—Está incomunicado —dijo el agente.

El padre Angel no insistió. Preguntó si el preso estaba bien. El agente respondió que se le había destinado la mejor pieza del cuartel, con buena luz y agua corriente, pero que tenía 24 horas de no comer. Había rechazado los alimentos que el alcalde ordenó en el hotel.

—Tiene miedo de que lo envenenen —concluyó el agente.

—Han debido hacerle traer comida de su casa —dijo el padre.

—No quiere que molesten a su mujer.

Como hablando consigo mismo, el padre murmuró: «Hablaré todo eso con el alcalde». Trató de seguir hacia el fondo del corredor, donde el alcalde había hecho construir su despacho blindado.

—No está ahí —dijo el agente—. Tiene dos días de estar en su casa, con dolor de muelas.

El padre Angel lo visitó. Estaba postrado en la hamaca, junto a una silla donde había un jarro con agua de sal, un paquete de analgésicos y el cinturón de cartucheras con el revólver. La mejilla continuaba hinchada. El padre Angel rodó una silla hasta la hamaca.

—Hágasela sacar —dijo.

El alcalde soltó en la bacinilla el buche de agua de sal. «Eso es muy fácil decirlo», dijo, todavía con la cabeza inclinada sobre la bacinilla. El padre Angel comprendió. Dijo en voz muy baja:

—Si usted me autoriza, yo hablo con el dentista —hizo una inspiración profunda y se atrevió a agregar—: Es un hombre comprensivo.

—Como una mula —dijo el alcalde—. Tendría que romperlo a tiros y entonces quedaríamos en las mismas.

El padre Angel lo siguió con la mirada hasta el lavamanos. El alcalde abrió el grifo, puso la mejilla hinchada en el chorro de agua fresca y la tuvo allí un instante, con una expresión de éxtasis. Luego masticó un analgésico y tomó agua del grifo, echándosela en la boca con las manos.

—En serio —insistió el padre—, puedo hablar con el dentista.

El alcalde hizo un gesto de impaciencia:

—Haga lo que quiera, padre.

Se acostó bocarriba en la hamaca con los ojos cerrados, las manos en la nuca, respirando con un ritmo de cólera. El dolor empezó a ceder. Cuando volvió a abrir los ojos, el padre Angel lo contemplaba en silencio, sentado junto a la hamaca.

—¿Qué le trae por estas tierras? —preguntó el alcalde.

—César Montero —dijo el padre sin preámbulos—. Ese hombre necesita confesarse.

—Está incomunicado —dijo el alcalde—. Mañana, después de las diligencias preliminares, lo puede confesar. Hay que mandarlo el lunes.

—Lleva cuarenta y ocho horas —dijo el padre.

—Y yo llevo dos semanas con esta muela —dijo el alcalde.

En la habitación oscura empezaban a zumbar los zancudos. El padre Angel miró por la ventana y vio una nube de un rosado intenso flotando sobre el río.

—¿Y el problema de la comida? —preguntó.

El alcalde abandonó la hamaca para cerrar la puerta del balcón. «Yo hice mi deber», dijo. «No quiere que molesten a su esposa ni recibió la comida del hotel». Empezó a fumigar insecticida en la pieza. El padre Angel buscó un pañuelo en el bolsillo para no estornudar, pero en vez del pañuelo encontró una carta arrugada. «Ay», exclamó, tratando de aplanchar la carta con los dedos. El alcalde interrumpió la fumigación. El padre se tapó la nariz, pero fue una diligencia inútil: estornudó dos veces. «Estornude, padre», le dijo el alcalde. Y subrayó con una sonrisa:

—Estamos en una democracia.

El padre Angel también sonrió. Dijo, mostrando el sobre cerrado: «Se me olvidó poner esta carta en el correo». Encontró el pañuelo en la manga y se limpió la nariz irritada por el insecticida. Seguía pensando en César Montero.

—Es como si lo tuvieran a pan y agua —dijo.

—Si ese es su gusto —dijo el alcalde— no podemos meterle la comida a la fuerza.

—Lo que más me preocupa es su conciencia —dijo el padre.

Sin quitarse el pañuelo de la nariz siguió al alcalde con la vista por la habitación hasta cuando acabó de fumigar. «Debe tenerla muy intranquila cuando teme que lo envenenen», dijo. El alcalde puso la bomba en el suelo.

—El sabe que a Pastor lo quería todo el mundo —dijo.

—También a César Montero —replicó el padre.

—Pero da la casualidad que quien está muerto es Pastor.

El padre contempló la carta. La luz se volvió malva.

«Pastor», murmuró. «No tuvo tiempo de confesarse». El alcalde encendió la luz antes de meterse en la hamaca.

—Mañana estaré mejor —dijo—. Después de la diligencia puede confesarlo. ¿Le parece bien?

El padre Angel estuvo de acuerdo. «Es sólo por la tranquilidad de su conciencia», insistió. Se puso en pie con un movimiento solemne. Le recomendó al alcalde que no tomara muchos analgésicos, y el alcalde le correspondió recordándole que no olvidara la carta.

—Y otra cosa, padre —dijo el alcalde—. Trate de todos modos de hablar con el sacamuelas —miró al párroco que empezaba a descender la escalera, y agregó otra vez sonriente—: Todo esto contribuye a la consolidación de la paz.

Sentado a la puerta de su oficina el administrador de correos veía morir la tarde. Cuando el padre Angel le dio la carta, entró al despacho, humedeció con la lengua una estampilla de quince centavos, para el correo aéreo, y la sobretasa para construcciones. Siguió revolviendo el cajón del escritorio. Al encenderse las luces de la calle, el padre puso varias monedas en el pasamano y salió sin despedirse.

El administrador siguió registrando la gaveta. Un momento después, cansado de revolver papeles, escribió con tinta en una esquina del sobre: *No hay estampillas de cinco*. Firmó debajo y puso el sello de la oficina.

Aquella noche, después del rosario, el padre Angel encontró un ratón muerto flotando en la pila del agua bendita. Trinidad estaba montando las trampas en el baptisterio. El padre agarró al animal por la punta de la cola.

—Vas a ocasionar una desgracia —le dijo a Trinidad, moviendo frente a ella el ratón muerto—. ¿No sabes que algunos fieles embotellan el agua bendita para darla a beber a sus enfermos?

—¿Y eso qué tiene? —preguntó Trinidad.

—¿Que qué tiene? —replicó el padre—. Pues nada menos que los enfermos van a tomar agua bendita con arsénico.

Trinidad le hizo caer en la cuenta de que aún no le había dado el dinero para el arsénico. «Es yeso», dijo, y reveló la fórmula: había puesto yeso en los rincones de la iglesia; el ratón lo comió, y un momento después, desesperado por la sed, había ido a beber a la pila. El agua solidificó el yeso en el estómago.

—De todos modos —dijo el padre—, es mejor que vengas por la plata del arsénico. No quiero más ratones muertos en el agua bendita.

En el despacho lo esperaba una comisión de damas católicas, encabezada por Rebeca de Asis. Después de dar a Trinidad el dinero para el arsénico, el padre hizo un comentario sobre el calor del cuarto y se sentó a la mesa de trabajo, frente a las tres damas que aguardaban en silencio.

—A sus órdenes, mis respetables señoras.

Ellas se miraron entre sí. Rebeca de Asis abrió entonces un abanico con un paisaje japonés pintado, y dijo sin misterio:

—Es la cuestión de los pasquines, padre.

Con una voz sinuosa, como habría contado una leyenda infantil, expuso la alarma del pueblo. Dijo que aunque la muerte de Pastor debía interpretarse «como una cosa absolutamente personal», las familias respetables se sentían obligadas a preocuparse por los pasquines.

Apoyada en el mango de su sombrilla, Adalgisa Montoya, la mayor de las tres, fue más explícita:

—Las damas católicas hemos resuelto tomar cartas en el asunto.

El padre Angel reflexionó durante breves segundos. Rebeca de Asís hizo una inspiración profunda, y el padre se preguntó cómo podía aquella mujer exhalar un olor tan cálido. Era espléndida y floral, de una blancura deslumbrante y una salud apasionada. El padre habló con la mirada fija en un punto indefinido.

—Mi parecer —dijo— es que no debemos prestar atención a la voz del escándalo. Debemos colocarnos por encima de sus procedimientos, y seguir observando la ley de Dios como hasta ahora.

Adalgisa Montoya aprobó con un movimiento de cabeza. Pero las otras no estuvieron de acuerdo: les parecía que «esta calamidad puede a la larga traer consecuencias funestas». En ese instante tosió el parlante del salón de cine. El padre Angel se dio una palmadita en la frente. «Excusen», dijo, mientras buscaba en la gaveta de la mesa el elenco de la censura católica.

—¿Qué dan hoy?

—Piratas del espacio —dijo Rebeca de Asís—; es una película de guerra.

El padre Angel buscó por orden alfabético, murmurando títulos fragmentarios mientras recorría con el índice la larga lista clasificada. Se detuvo al volver la hoja.

—Piratas del espacio.

Rodó el índice horizontalmente para buscar la calificación moral, en el momento en que oyó la voz del empresario en lugar del disco esperado. Anunciaba la suspensión del espectáculo a causa del mal tiempo.

Una de las mujeres explicó que el empresario había tomado aquella determinación en vista de que el público exigía el reembolso si la lluvia interrumpía la función antes del intermedio.

—Lástima —dijo el padre Angel—: era buena para todos.

Cerró el cuaderno y continuó:

—Como les decía, este es un pueblo observante. Hace 19 años, cuando me entregaron la parroquia, había once concubinatos públicos de familias importantes. Hoy sólo queda uno, y espero que por poco tiempo.

—No es por nosotras —dijo Rebeca de Asis—. Pero esa pobre gente . . .

—No hay ningún motivo de preocupación —prosiguió el padre, indiferente a la interrupción—. Hay que ver cómo ha cambiado este pueblo. En aquel tiempo, una bailarina rusa ofreció en la gallera un espectáculo sólo para hombres y al final vendió en pública subasta todo lo que llevaba encima.

Adalgisa Montoya lo interrumpió:

—Eso es exacto —dijo.

En verdad, ella recordaba el escándalo como se lo habían contado: cuando la bailarina quedó completamente desnuda, un viejo empezó a gritar en la galería, subió al último peldaño y se orinó sobre el público. Le habían contado que los demás hombres, siguiendo el ejemplo, habían terminado por orinarse unos a otros en medio de una enloquecida gritería.

—Ahora —prosiguió el padre— está comprobado que este es el pueblo más observante de la Prefectura Apostólica.

Se empecinó en su tesis. Refirió algunos instantes difíciles de su lucha con las debilidades y flaquezas del género humano, hasta cuando las damas católicas de-

46

ron de prestarle atención agobiadas por el calor. Re-
ca de Asis volvió a desplegar su abanico, y entonces
scubrió el padre Angel dónde estaba la fuente de su
agancia. El olor a sándalo se cristalizó en el sopor
e la sala. El padre extrajo el pañuelo de la manga y se
llevó a la nariz para no estornudar.

—Al mismo tiempo —continuó— nuestro templo es
l más pobre de la Prefectura Apostólica. Las campa-
as están rotas y las naves llenas de ratones, porque la
ida se me ha ido en imponer la moral y las buenas
ostumbres.

Se desabotonó el cuello. «La labor material la puede
acer cualquier joven», dijo, poniéndose en pie. «En
ambio, se necesita una tenacidad de muchos años y
una vieja experiencia para reconstruir la moral». Rebeca de Asis levantó su mano transparente con el anillo
matrimonial pisado por una sortija de esmeraldas.

—Por lo mismo —dijo—. Nosotras hemos pensado
que con esos pasquines todo su trabajo sería perdido.

La única mujer que hasta entonces había permanecido en silencio, aprovechó la pausa para intervenir.

—Además, pensamos que el país se está recuperan-
do, y que esta calamidad de ahora puede ser un incon-
veniente.

El padre Angel buscó un abanico en el armario y
empezó a abanicarse parsimoniosamente.

—Una cosa no tiene nada que ver con la otra —dijo—. Hemos atravesado un momento político difícil,
pero la moral familiar se ha mantenido intacta.

Se plantó ante las tres mujeres. «Dentro de pocos
años, iré a decirle al Prefecto Apostólico: ahí le dejo
ese pueblo ejemplar. Ahora sólo falta que mande un
muchacho joven y emprendedor para que construya la
mejor iglesia de la Prefectura».

47

Hizo una reverencia lánguida y exclamó:

—Entonces iré a morirme tranquilo en el patio mis mayores.

Las damas protestaron. Adalgisa Montoya expre el pensamiento general:

—Este es como si fuera su pueblo, padre. Y quer mos que aquí se quede hasta el último instante.

—Si se trata de construir una nueva iglesia —dij Rebeca de Asís— podemos empezar la campaña desd ahora.

—Todo a su tiempo —replicó el padre Angel.

Luego, en otro tono, añadió: «Por lo pronto, no quie ro llegar a viejo al frente de ninguna parroquia. Nc quiero que me pase lo que al manso Antonio Isabel del Santísimo Sacramento del Altar Castañeda y Montero, quien informó al Obispo que en su parroquia estaba cayendo una lluvia de pájaros muertos. El investigador enviado por el Obispo lo encontró en la plaza del pueblo, jugando con los niños a bandidos y policías».

Las damas expresaron su perplejidad.

—¿Quién era?

—El párroco que me sucedió en Macondo —dijo el padre Angel—. Tenía cien años.

El invierno, cuya inclemencia había sido prevista desde los últimos días de septiembre, implantó su rigor aquel fin de semana. El alcalde pasó el domingo masticando analgésicos en la hamaca, mientras el río salido de madre hacía estragos en los barrios bajos.

En la primera tregua de la lluvia, al amanecer del lunes, el pueblo necesitó varias horas para restablecerse. Temprano se abrieron el salón de billar y la peluquería, pero la mayoría de las casas permanecieron cerradas hasta las once. El señor Carmichael fue el primero a quien se ofreció la oportunidad de estremecerse ante el espectáculo de los hombres transportando sus casas hacia terrenos más altos. Grupos bulliciosos habían desenterrado los horcones y trasladaban enteras las escuetas habitaciones de bahareque y techos de palma.

Refugiado en el alar de la peluquería, con el paraguas abierto, el señor Carmichael contemplaba la laboriosa maniobra cuando el barbero lo sacó de su abstracción.

—Han debido esperar a que escampara —dijo el barbero.

—No escampará en dos días —dijo el señor Carmichael, y cerró el paraguas—. Me lo están diciendo los callos.

Los hombres que transportaban las casas, hundidos hasta los tobillos en el barro, pasaron tropezando con las paredes de la peluquería. El señor Carmichael vio

49

por la ventana el interior desmantelado, un dormitorio enteramente despojado de su intimidad, y se sintió invadido por una sensación de desastre.

Parecían las seis de la mañana, pero su estómago le indicaba que iban a ser las doce. El sirio Moisés lo invitó a sentarse en su tienda mientras pasaba la lluvia. El señor Carmichael reiteró el pronóstico de que no escamparía en las próximas veinticuatro horas. Vaciló antes de saltar al andén de la casa contigua. Un grupo de muchachos que jugaba a la guerra lanzó una bola de barro que se aplastó en la pared, a pocos metros de sus pantalones recién planchados. El sirio Elías salió de su tienda con una escoba en la mano, amenazando a los muchachos en un álgebra de árabe y castellano.

Los muchachos saltaron de júbilo:

—Turco güevón.

El señor Carmichael comprobó que su vestido estaba intacto. Entonces cerró el paraguas y entró en la peluquería, directamente a la silla.

—Yo siempre he dicho que usted es un hombre prudente —dijo el peluquero.

Le anudó una sábana al cuello. El señor Carmichael aspiró el olor del agua de alhucema que le producía la misma desazón que los vapores glaciales de la dentistería. El barbero empezó por repicar en la nuca el cabello resortado. Impaciente, el señor Carmichael buscó con la vista algo para leer.

—¿No hay periódicos?

El barbero respondió sin hacer una pausa en el trabajo.

—Ya no quedan en el país sino los periódicos oficiales y esos no entran en este establecimiento mientras yo esté vivo.

El señor Carmichael se conformó con contemplar sus

50

zapatos cuarteados hasta cuando el peluquero le preguntó por la viuda de Montiel. Venía de su casa. Era el administrador de sus negocios desde cuando murió don Chepe Montiel, de quien fue contabilista durante muchos años.

—Ahí está —dijo.

—Uno matándose —dijo el peluquero como hablando consigo mismo— y ella sola con tierras que no se atraviesan en cinco días a caballo. Debe ser dueña como de diez municipios.

—Tres —dijo el señor Carmichael. Y agregó convencido—: Es la mujer más buena del mundo.

El barbero se movió hacia el tocador para limpiar la peinilla. El señor Carmichael vio reflejada en el espejo su cara de chivo, y una vez más comprendió por qué no lo estimaba. El peluquero habló mirando a la imagen.

—Lindo negocio: mi partido está en el poder, la policía amenaza de muerte a mis adversarios políticos, y yo les compro tierras y ganados al precio que yo mismo ponga.

El señor Carmichael bajó la cabeza. El peluquero se aplicó de nuevo a cortarle el cabello. «Cuando pasan las elecciones —concluyó— soy dueño de tres municipios, no tengo competidores, y de paso sigo con la sartén por el mango aunque cambie el gobierno. Yo digo: mejor negocio, ni falsificar billetes».

—José Montiel era rico desde mucho antes de que empezaran las vainas políticas —dijo el señor Carmichael.

—Sentado en calzoncillos en la puerta de una piladora de arroz —dijo el peluquero—. La historia enseña que se puso su primer par de zapatos hace nueve años.

—Y aunque así fuera —admitió el señor Carmichael— nada tuvo que ver la viuda con los negocios de Montiel.

—Pero se hizo la boba —dijo el barbero.

El señor Carmichael levantó la cabeza. Se desajustó la sábana del cuello para darle curso a la circulación. «Por eso he preferido siempre que me corte el pelo mi mujer», protestó. «No me cobra nada, y por añadidura no me habla de política». El barbero le empujó la cabeza hacia adelante, y siguió trabajando en silencio. A veces repicaba al aire con las tijeras para descargar un exceso de virtuosismo. El señor Carmichael oyó gritos en la calle. Miró por el espejo: niños y mujeres pasaban frente a la puerta con los muebles y los utensilios de las casas transportadas. Comentó con rencor:

—Nos están comiendo las desgracias y ustedes todavía con odios políticos. Hace más de un año se acabó la persecución y todavía se habla de lo mismo.

—El abandono en que nos tienen también es persecución —dijo el barbero.

—Pero no nos dan palo —dijo el señor Carmichael.

—Abandonarnos a la buena de Dios también es una manera de darnos palo.

El señor Carmichael se exasperó.

—Eso es literatura de periódico —dijo.

El barbero guardó silencio. Hizo espuma en una totuma y la untó con la brocha en la nuca del señor Carmichael. «Es que uno está que se revienta por hablar», se excusó. «No todos los días nos cae un hombre imparcial».

—Con once hijos para alimentar no hay hombre que no sea imparcial —dijo el señor Carmichael.

—De acuerdo —dijo el peluquero.

Hizo cantar la navaja en la palma de la mano. Le afeitó la nuca en silencio, limpiando el jabón con los

52

dedos, y limpiándose después los dedos en el pantalón. Al final le frotó un terrón de alumbre en la nuca. Terminó en silencio.

Cuando se abotonaba el cuello, el señor Carmichael vio el aviso clavado en la pared del fondo: «Prohibido hablar de política». Se sacudió las briznas de cabello en los hombros, se colgó el paraguas en el brazo y preguntó señalando el aviso:

—¿Por qué no lo quita?

—No es con usted —dijo el peluquero—. Ya estamos de acuerdo en que usted es un hombre imparcial.

El señor Carmichael no vaciló esta vez para saltar al andén. El peluquero lo contempló hasta que dobló la esquina, y luego se extasió en el río turbio y amenazante. Había dejado de llover, pero una nube cargada se mantenía inmóvil sobre el pueblo. Un poco antes de la una entró el sirio Moisés, lamentando que el cabello se le cayera del cráneo, y en cambio le creciera en la nuca con extraordinaria rapidez.

El sirio se hacía cortar el cabello todos los lunes. De ordinario doblaba la cabeza con una especie de fatalismo y roncaba en árabe mientras el peluquero hablaba en voz alta consigo mismo. Aquel lunes, sin embargo, despertó sobresaltado a la primera pregunta.

—¿Sabe quién estuvo aquí?

—Carmichael —dijo el sirio.

—El desgraciado del negro Carmichael —confirmó el peluquero como si hubiera deletreado la frase—. Detesto esa clase de hombres.

—Carmichael no es un hombre —dijo el sirio Moisés—. Hace como tres años que no compra un par de zapatos. Pero en política, hace lo que hay que hacer: lleva la contabilidad con los ojos cerrados.

Afirmó la barba en el pecho para roncar de nuevo,

pero el barbero se plantó frente a él con los brazos cruzados, diciendo: «Dígame una cosa, turco de mierda: ¿Al fin con quién está usted?» El sirio contestó inalterable:

—Conmigo.

—Hace mal —dijo el peluquero—. Por lo menos debía tener en cuenta las cuatro costillas que le rompieron al hijo de su paisano Elías por cuenta de don Chepe Montiel.

—Elías es tan de malas que el hijo le salió político —dijo el sirio—. Pero ahora el muchacho está bailando sabroso en el Brasil, y Chepe Montiel está muerto.

Antes de abandonar el cuarto desordenado por las largas noches de sufrimiento, el alcalde se afeitó el lado derecho, y se dejó en el izquierdo la barba de ocho días. Después se puso un uniforme limpio, se calzó las botas de charol y bajó a almorzar al hotel aprovechando la tregua de la lluvia.

No había nadie en el comedor. El alcalde se abrió paso a través de las mesitas de cuatro puestos y ocupó el lugar más discreto en el fondo del salón.

—Máscaras —llamó.

Acudió una muchacha muy joven, con un traje corto y ajustado y senos como piedras. El alcalde ordenó el almuerzo sin mirarla. De regreso a la cocina, la muchacha encendió el aparato de radio colocado en una repisa al final del comedor. Entró un boletín de noticias, con citas de un discurso pronunciado la noche anterior por el presidente de la república, y luego una lista de los nuevos artículos de prohibida importación. A medida que la voz del locutor ocupaba el ambiente se fue haciendo más intenso el calor. Cuando la muchacha volvió con la sopa, el alcalde trataba de contener el sudor abanicándose con la gorra.

—A mí también me hace sudar el radio —dijo la muchacha.

El alcalde empezó a tomar la sopa. Siempre había pensado que aquel hotel solitario, sostenido por agentes viajeros ocasionales, era un lugar diferente del resto del pueblo. En realidad, era anterior al pueblo. En su destartalado balcón de madera, los comerciantes que acudían del interior a comprar la cosecha de arroz, pasaban la noche jugando a las cartas, en espera del fresco de la madrugada para poder dormir. El propio coronel Aureliano Buendía, que iba a convenir en Macondo los términos de la capitulación de la última guerra civil, durmió una noche en aquel balcón, en una época en que no había pueblos en muchas leguas a la redonda. Entonces era la misma casa con paredes de madera y techo de zinc, con el mismo comedor y las mismas divisiones de cartón en los cuartos, sólo que sin luz eléctrica ni servicios sanitarios. Un viejo agente viajero contaba que hasta principios de siglo hubo una colección de máscaras colgadas en el comedor a disposición de los clientes, y que los huéspedes enmascarados hacían sus necesidades en el patio, a la vista de todo el mundo.

El alcalde tuvo que desabotonarse el cuello para terminar con la sopa. Después del boletín de noticias siguió un disco con anuncios en verso. Luego un bolero sentimental. Un hombre de voz mentolada, muerto de amor, había decidido darle la vuelta al mundo en persecución de una mujer. El alcalde puso atención a la pieza, mientras esperaba el resto de la comida, hasta que vio pasar frente al hotel dos niños con dos sillas y un mecedor. Detrás, dos mujeres y un hombre con ollas y bateas y el resto del mobiliario.

Salió a la puerta gritando:

—Dónde se robaron esa vaina.

Las mujeres se detuvieron. El hombre le explicó que estaban trasladando la casa a terrenos más altos. El alcalde preguntó adónde la habían llevado y el hombre señaló hacia el sur con el sombrero:

—Por allá arriba, a un terreno que nos alquiló don Sabas por treinta pesos.

El alcalde examinó los muebles. Un mecedor desarticulado, ollas rotas: cosas de gente pobre. Reflexionó un instante. Finalmente dijo:

—Llévense esas casas con todos sus corotos al terreno que está desocupado junto al cementerio.

El hombre se ofuscó.

—Son terrenos del municipio y no les cuestan nada— dijo el alcalde—. El municipio se los regala.

Luego, dirigiéndose a las mujeres, añadió: «Y díganle a don Sabas que le mando a decir yo que no sea bandido».

Terminó el almuerzo sin saborear los alimentos. Luego encendió un cigarrillo. Encendió otro con la colilla y estuvo un largo rato pensativo, los codos apoyados en la mesa, mientras el radio molía boleros sentimentales.

—¿En qué piensa? —preguntó la muchacha, levantando los platos vacíos.

El alcalde no parpadeó.

—En esa pobre gente.

Se puso la gorra y atravesó el salón. Retorciéndose dijo desde la puerta:

—Hay que hacer de este pueblo una vaina decente.

Una sangrienta refriega de perros le interrumpió el paso a la vuelta de la esquina. Vio un nudo de espinazos y patas en un torbellino de aullidos, y después unos dientes pelados y un perro arrastrando una pata con el rabo entre las piernas. El alcalde se hizo a un lado, y siguió por el andén hacia el cuartel de la policía.

Una mujer gritaba en el calabozo, mientras el guardia hacía la siesta tirado bocabajo en un catre. El alcalde le dio un puntapié a la pata del catre. El guardia despertó con un salto.

—¿Quién es? —preguntó el alcalde.

El guardia se cuadró.

—La mujer que ponía los pasquines.

El alcalde se desató en improperios contra sus subalternos. Quería saber quién llevó a la mujer y por orden de quién la metieron en el calabozo. Los agentes dieron una explicación dispendiosa.

—¿Cuándo la metieron?

La habían encarcelado la noche del sábado.

—Pues sale ella y entra uno de ustedes —gritó el alcalde—. Esa mujer durmió en el calabozo y el pueblo amaneció empapelado.

Tan pronto como se abrió la pesada puerta de hierro, una mujer madura, de huesos pronunciados y con un moño monumental sostenido con una peineta, salió dando gritos del calabozo.

—Vete al carajo —le dijo el alcalde.

La mujer se soltó el moño, sacudió varias veces la cabellera larga y abundante, y bajó la escalera como una estampida, gritando: «puta, puta». El alcalde se inclinó por encima de la baranda, y gritó con todo el poder de su voz, como para que lo oyeran no sólo la mujer y sus agentes, sino todo el pueblo:

—Y no me sigan jodiendo con los papelitos.

Aunque la llovizna persistía el padre Angel salió a dar su paseo vespertino. Era todavía temprano para la cita con el alcalde, de modo que fue hasta el sector de las inundaciones. Sólo encontró el cadáver de un gato flotando entre las flores.

Cuando regresaba, la tarde empezó a secar. Se volvió intensa y brillante. Una barcaza cubierta de tela asfáltica descendía por el río espeso e inmóvil. De una casa medio derrumbada salió un niño gritando que había encontrado el mar dentro de un caracol. El padre Angel se acercó el caracol al oído. En efecto, allí estaba el mar.

La mujer del juez Arcadio estaba sentada a la puerta de su casa, como en un éxtasis, los brazos cruzados sobre el vientre y los ojos fijos en la barcaza. Tres casas más adelante empezaban los almacenes, los muestrarios de baratijas y los sirios impávidos sentados a la puerta. La tarde se moría en nubes de un rosado intenso y en el alboroto de los loros y los micos de la ribera opuesta.

Las casas empezaban a abrirse. Bajo los sucios almendros de la plaza, rodeando los carritos de refrescos o en los carcomidos bancos de granito del camellón, los hombres se reunían a conversar. El padre Angel pensaba que todas las tardes, en ese instante, el pueblo padecía el milagro de la transfiguración.

—Padre, ¿recuerda los prisioneros de los campos de concentración?

El padre Angel no vio al doctor Giraldo, pero lo imaginó sonriendo detrás de la ventana alambrada. Honradamente, no recordaba las fotografías, pero estaba seguro de haberlas visto alguna vez.

—Asómese a la salita de espera —dijo el médico.

El padre Angel empujó la puerta alambrada. Ex-

tendida en una estera había una criatura de sexo indefinible, en los puros huesos, enteramente forrada en un
pellejo amarillo. Dos hombres y una mujer esperaban
sentados contra el cancel. El padre no sintió ningún
olor pero pensó que aquel ser debía exhalar un tufo
intenso.

—¿Quién es? —preguntó.

—Mi hijo —contestó la mujer. Y agregó, como ex-
cusándose—: Hace dos años tiene una cagaderita de
sangre.

El enfermo hizo girar los ojos hacia la puerta, sin
mover la cabeza. El padre experimentó una aterrorizada piedad.

—¿Y qué le han hecho? —preguntó.

—Hace tiempo le estamos dando plátano verde
—dijo la mujer— pero no lo ha querido, a pesar que
es tan buen aprietativo.

—Tienen que llevarlo para que se confiese —dijo
el padre.

Pero lo dijo sin convicción. Cerró la puerta con cuidado y raspó con la uña la red de la ventana, acercando
la cara para ver al médico en el interior. El doctor
Giraldo trituraba algo en un mortero.

—¿Qué tiene? —preguntó el padre.

—Todavía no lo he examinado —contestó el doctor; y comentó pensativo—: Son cosas que le suceden
a la gente por voluntad de Dios, padre.

El padre Angel pasó por alto el comentario.

—Ninguno de los muertos que he visto en mi vida
parecía tan muerto como ese pobre muchacho —dijo.

Se despidió. No había embarcaciones en el puerto.
Empezaba a oscurecer. El padre Angel comprendió
que su estado de ánimo había cambiado con la visión
del enfermo. Dándose cuenta de pronto que estaba

retrasado en la cita, apresuró el paso hacia el cuartel de la policía.

El alcalde estaba derrumbado en una silla plegadiza, con la cabeza entre las manos.

—Buenas tardes —dijo el padre muy despacio.

El alcalde levantó la cabeza, y el padre se estremeció ante sus ojos enrojecidos por la desesperación. Tenía una mejilla fresca y recién afeitada, pero la otra era una maraña empantanada en un ungüento color de ceniza. Exclamó en un quejido sordo:

—Padre, me voy a pegar un tiro.

El padre Angel experimentó una consternación cierta.

—Se está intoxicando con tanto analgésico —dijo.

El alcalde fue zapateando hacia la pared, y con el cabello agarrado con las dos manos se golpeó violentamente contra las tablas. El padre no había sido nunca testigo de tanto dolor.

—Tómese dos pastillas más —dijo, proponiendo conscientemente un remedio para su propia ofuscación—. Con otras dos no se va a morir.

No sólo lo era realmente, sino que tenía plena conciencia de ser torpe ante el dolor humano. Buscó con la vista los analgésicos en el desnudo espacio de la sala. Recostados contra las paredes había media docena de taburetes de cuero, una vitrina atiborrada de papeles polvorientos, y una litografía del presidente de la república colgada de un clavo. El único rastro de los analgésicos eran las vacías envolturas de celofán regadas por el suelo.

—¿Dónde están? —dijo desesperado.

—Ya no me hacen ningún efecto —dijo el alcalde.

El párroco se le acercó, repitiendo: «Dígame dónde están». El alcalde dio una sacudida violenta, y el padre Angel vio una cara enorme y monstruosa a pocos

60

centímetros de sus ojos.

—Carajo —gritó el alcalde—. Ya dije que no me jodan.

Levantó un taburete por encima de la cabeza y lo lanzó con toda la fuerza de su desesperación contra la vidriera. El padre Angel no comprendió lo ocurrido sino después de la instantánea granizada de vidrio, cuando el alcalde empezó a surgir como una serena aparición de entre la niebla de polvo. En ese momento había un silencio perfecto.

—Teniente —murmuró el padre.

En la puerta del corredor estaban los agentes con los fusiles montados. El alcalde los miró sin verlos, respirando como un gato, y ellos bajaron los fusiles pero permanecieron inmóviles junto a la puerta. El padre Angel condujo al alcalde por el brazo hasta la silla plegadiza.

—¿Dónde están los analgésicos? —insistió.

El alcalde cerró los ojos y echó la cabeza hacia atrás. «No tomo más porquerías», dijo. «Me zumban los oídos y se me están durmiendo los huesos del cráneo». En la breve tregua del dolor volvió la cabeza hacia el padre y preguntó:

—¿Habló con el sacamuelas?

El padre afirmó en silencio. Por la expresión que siguió a aquella respuesta el alcalde conoció los resultados de la entrevista.

—¿Por qué no habla con el doctor Giraldo? —propuso el padre—. Hay médicos que sacan muelas.

El alcalde se demoró para contestar. «Dirá que no tiene pinzas», dijo. Y agregó:

—Es una confabulación.

Aprovechó la tregua para reposarse de aquella tarde implacable. Cuando abrió los ojos el cuarto estaba en

61

penumbra. Dijo, sin ver al padre Angel:

—Usted venía por César Montero.

No oyó ninguna respuesta. «Con este dolor no he podido hacer nada», prosiguió. Se levantó para encender la luz, y la primera oleada de zancudos penetró por el balcón. El padre Angel sufrió el sobresalto de la hora.

—Se va pasando el tiempo —dijo.

—De todos modos hay que mandarlo el miércoles —dijo el alcalde—. Mañana se arregla lo que haya que arreglar y lo confiesa por la tarde.

—¿A qué hora?

—A las cuatro.

—¿Aunque esté lloviendo?

El alcalde descargó en una sola mirada toda la impaciencia reprimida en dos semanas de sufrimiento.

—Aunque se esté acabando el mundo, padre.

El dolor se había hecho invulnerable a los analgésicos. El alcalde colgó la hamaca en el balcón de su cuarto tratando de dormir al fresco de la prima noche. Pero antes de las ocho sucumbió de nuevo a la desesperación y bajó a la plaza aletargada por una densa onda de calor.

Después de merodear por los alrededores sin encontrar la inspiración que le hacía falta para sobreponerse al dolor, entró al salón de cine. Fue un error. El zumbido de los aviones de guerra aumentó la intensidad del dolor. Antes del intermedio abandonó el salón y llegó a la farmacia en el instante en que don Lalo Moscote se disponía a cerrar las puertas.

—Deme lo más fuerte que tenga para el dolor de muela.

El farmacéutico le examinó la mejilla con una mirada de estupor. Luego fue hasta el fondo del establecimiento, a través de una doble hilera de armarios con puertas de vidrio enteramente ocupados por pomos de loza, cada uno con el nombre del producto grabado en letras azules. Al verlo de espaldas, el alcalde comprendió que aquel hombre de nuca rolliza y sonrosada podía estar viviendo un instante de felicidad. Lo conocía. Estaba instalado en dos cuartos al fondo de la farmacia, y su esposa, una mujer muy gorda, era paralítica desde hacía muchos años.

Don Lalo Moscote volvió al mostrador con un pomo de loza sin etiqueta, que exhaló al destaparlo un vapor de hierbas dulces.

—¿Qué es eso?

El farmacéutico hundió los dedos entre las semillas secas del pomo. «Mastuerzo», dijo. «Lo mastica bien y se traga el jugo poco a poco: no hay nada mejor para el corrimiento». Se echó varias semillas en la palma de la mano, y dijo mirando al alcalde por encima de los anteojos:

—Abra la boca.

El alcalde lo esquivó. Hizo girar el pomo para convencerse de que no había nada escrito, y volvió a fijar la mirada en el farmacéutico.

—Deme alguna cosa extranjera —dijo.

—Esto es mejor que cualquier cosa extranjera —dijo don Lalo Moscote—. Está garantizado por tres mil años de sabiduría popular.

Empezó a envolver las semillas en un pedazo de periódico. No parecía un padre de familia. Parecía un tío materno, envolviendo el mastuerzo con la diligencia afectuosa con que se hace una pajarita de papel para los niños. Cuando levantó la cabeza había empezado a

63

sonreir.

—¿Por qué no se la saca?

El alcalde no respondió. Pagó con un billete y abandonó la farmacia sin esperar el cambio.

Pasada la media noche seguía retorciéndose en la hamaca sin atreverse a masticar las semillas. Alrededor de las once, en el punto culminante del calor, se había precipitado un chaparrón que se deshizo en una llovizna tenue. Agotado por la fiebre, temblando en el sudor pegajoso y helado, el alcalde se estiró bocabajo en la hamaca, abrió la boca y empezó a rezar mentalmente. Rezó a fondo, tensos los músculos en el espasmo final, pero consciente de que mientras más pugnaba por lograr el contacto con Dios, con más fuerza lo empujaba el dolor en sentido contrario. Entonces se puso las botas y el impermeable sobre la piyama, y fue al cuartel de la policía.

Irrumpió vociferando. Enredados en un manglar de realidad y pesadilla, los agentes se atropellaron en el pasadizo buscando las armas en la oscuridad. Cuando las luces se encendieron estaban a medio vestir, esperando órdenes.

—González, Rovira, Peralta —gritó el alcalde.

Los tres nombrados se desprendieron del grupo y rodearon al teniente. No había una razón visible que justificara la selección: eran tres mestizos corrientes. Uno de ellos, de rasgos infantiles, pelado a rape, estaba en camiseta de franela. Los otros dos llevaban la misma camiseta bajo la guerrera sin abotonar.

No recibieron una orden precisa. Saltando los escalones de cuatro en cuatro detrás del alcalde, abandonaron el cuartel en fila india; atravesaron la calle sin preocuparse de la llovizna, y se detuvieron frente a la dentistería. Con dos cargas cerradas despedazaron la

64

puerta a culatazos. Estaban ya en el interior de la casa, cuando se encendieron las luces del vestíbulo. Un hombre pequeño y calvo, con los tendones a flor de piel, apareció en calzoncillos en la puerta del fondo, tratando de ponerse la bata de baño. En el primer instante quedó paralizado con un brazo en alto y la boca abierta, como en el fogonazo de un fotógrafo. Luego dio un salto hacia atrás y tropezó con su mujer que salía del dormitorio en camisa de dormir.

—Quietos —gritó el teniente.

La mujer hizo: «Ay», con las manos en la boca, y volvió al dormitorio. El dentista se dirigió al vestíbulo anudándose el cordón de la bata y sólo entonces reconoció a los tres agentes que lo apuntaban con los fusiles, y al alcalde chorreando agua por todo el cuerpo, tranquilo, con las manos en los bolsillos del impermeable.

—Si la señora sale del cuarto, hay orden de que le peguen un tiro —dijo el teniente.

El dentista agarró el pomo de la cerradura diciendo hacia adentro: «Ya oiste, mija»; y ajustó con un ademán meticuloso la puerta del dormitorio. Luego caminó hacia el gabinete dental, vigilado a través del descolorido mobiliario de mimbre por los ojos ahumados de los cañones. Dos agentes se le adelantaron en la puerta del gabinete. Uno encendió la luz; el otro fue directamente a la mesa de trabajo y sacó un revólver de la gaveta.

—Debe haber otro —dijo el alcalde.

Había entrado en último término, detrás del dentista. Los dos agentes hicieron una requisa concienzuda y rápida, mientras el tercero guardaba la puerta. Voltearon la caja de instrumentos en la mesa de trabajo, dispersaron por el suelo moldes de yeso, dentaduras postizas sin terminar, dientes sueltos y casquetes de oro; vaciaron los pomos de loza de la vidriera y destriparon con rápidos cortes de bayoneta la almohadilla de hule de la silla dental y el cojín de resortes de la poltrona giratoria.

—Es un 38 largo, cañón largo —precisó el alcalde. Escrutó al dentista. «Es mejor que diga de una vez dónde está», le dijo. «No vinimos dispuestos a desbaratar la casa». Detrás de las gafas con monturas de oro los ojos estrechos y apagados del dentista no revelaron nada.

—Por mí no hay apuro —replicó de una manera reposada—; si les da la gana pueden seguir desbaratándola.

El alcalde reflexionó. Después de examinar una vez más el cuartito de tablas sin cepillar, avanzó hacia la silla impartiendo órdenes cortantes a sus agentes. Hizo apostar uno en la puerta de la calle, otro a la entrada del gabinete, y el tercero junto a la ventana. Cuando se acomodó en la silla, sólo entonces abotonándose el impermeable mojado, se sintió rodeado de metales fríos. Aspiró profundamente el aire enrarecido por la creosota, y apoyó el cráneo en el cabezal, tratando de regular la respiración. El dentista recogió del suelo algunos instrumentos, y los puso a hervir en una cacerola.

Permaneció de espaldas al alcalde, contemplando el fuego azul del reverbero, con la misma expresión que habría tenido si hubiera estado solo en el gabinete. Cuando hirvió el agua, envolvió el mango de la cacerola en un papel y la llevó hacia la silla. El paso estaba obstruido por el agente. El dentista bajó la cacerola para ver al alcalde por encima del humo y dijo:

—Ordénele a este asesino que se ponga donde no estorbe.

A una señal del alcalde el agente se apartó de la

ventana para dejar el paso libre hacia la silla. Rodó un asiento contra la pared y se sentó con las piernas abiertas, el fusil atravesado sobre los muslos, sin descuidar la vigilancia. El dentista encendió la lámpara. Deslumbrado por la claridad repentina, el alcalde cerró los ojos y abrió la boca. Había cesado el dolor.

El dentista localizó la muela enferma, apartando con el índice la mejilla inflamada y orientando la lámpara móvil con la otra mano, completamente insensible a la ansiosa respiración del paciente. Después se enrolló la manga hasta el codo y se dispuso a sacar la muela.

El alcalde lo agarró por la muñeca.

—Anestesia —dijo.

Sus miradas se encontraron por primera vez.

—Ustedes matan sin anestesia —dijo suavemente el dentista.

El alcalde no advirtió en la mano que apretaba el gatillo ningún esfuerzo por liberarse. «Traiga las ampolletas», dijo. El agente apostado en el rincón movió el cañón hacia ellos, y ambos percibieron desde la silla el ruido del fusil al ser montado.

—Supóngase que no hay —dijo el dentista.

El alcalde soltó la muñeca. «Tiene que haber», replicó, examinando con un interés desconsolado las cosas esparcidas por el suelo. El dentista lo observó con una atención compasiva. Después lo empujó hacia el cabezal, y por primera vez dando muestras de impaciencia, dijo:

—Deje de ser pendejo, teniente; con ese absceso no hay anestesia que valga.

Pasado el instante más terrible de su vida, el alcalde aflojó la tensión de los músculos y permaneció exhausto en la silla, mientras los signos oscuros pintados por la humedad en el cartón del cielo raso se fijaban en su

67

memoria hasta la muerte. Sintió al dentista trajinando en el aguamanil. Lo sintió colocar en su puesto los cajones de la mesa, y recoger en silencio algunos de los objetos del suelo.

—Rovira —llamó el alcalde—. Dígale a González que entre y recojan las cosas del suelo hasta dejar todo como lo encontraron.

Los agentes lo hicieron. El dentista prensó un algodón con las pinzas, lo empapó en un líquido color de hierro y tapó la cisura. El alcalde experimentó una sensación de ardor superficial. Después de que el dentista le cerró la boca, siguió con la vista fija en el cielo raso, pendiente de los ruidos de los agentes que trataban de reconstruir de memoria el orden minucioso del gabinete. Dieron las dos en la torre. Un alcavarán con un minuto de retraso repitió la hora en el murmullo de la llovizna. Un momento después, sabiendo que habían terminado, el alcalde indicó por señas a sus agentes que regresaran al cuartel.

El dentista había permanecido todo el tiempo junto a la silla. Cuando salieron los agentes, retiró el tapón de la encía. Luego exploró con la lámpara el interior de la boca, volvió a ajustar las mandíbulas y apartó la luz. Todo había terminado. En el cuartito caluroso quedaba entonces esa rara desazón que sólo conocen los barrenderos de un teatro después de que sale el último actor.

—Desagradecido —dijo el alcalde.

El dentista se metió las manos en los bolsillos de la bata y dio un paso atrás, para dejarlo pasar. «Había orden de allanar la casa», prosiguió el alcalde, buscándolo con la mirada detrás de la órbita de luz. «Había instrucciones precisas de *encontrar* armas y municiones y documentos con los pormenores de una conspiración nacional». Fijó en el dentista sus ojos todavía húmedos, y agregó: «Yo creí que hacía un bien desobedeciendo esa orden, pero estaba equivocado. Ahora las cosas cambian, la oposición tiene garantías y todo el mundo vive en paz, y usted sigue pensando como un conspirador». El dentista secó con la manga el cojín de la silla y lo puso del lado que no había sido destruido.

—Su actitud perjudica al pueblo —prosiguió el alcalde, señalando el cojín, sin ocuparse de la mirada pensativa que dirigió el dentista a su mejilla—. Ahora le toca al municipio pagar todas estas vainas, y además la puerta de la calle. Un dineral, nada más por su terquedad.

—Haga buches de agua de alholva —dijo el dentista.

El juez Arcadio consultó el diccionario de la telegrafía, pues al suyo le faltaban algunas letras. No sacó nada en claro: *Nombre de un zapatero de Roma famoso por las sátiras que hacía contra todo el mundo,* y otras precisiones sin importancia. Con la misma justicia histórica, pensó, una injuria anónima puesta en la puerta de una casa podría llamarse *marforio.* No estaba decepcionado. Durante los dos minutos que empleó en la consulta experimentó por primera vez en mucho tiempo el sosiego del deber cumplido.

El telegrafista lo vio poner el diccionario en el estante, entre las olvidadas compilaciones de ordenanzas y disposiciones sobre correos y telégrafos, y cortó la transmisión de un mensaje con una advertencia enérgica. Luego se acercó barajando los naipes, dispuesto a repetir el truco de moda: la adivinación de las tres cartas. Pero el juez Arcadio no le prestó atención. «Ahora estoy muy ocupado», se excusó, y salió a la calle abrasante perseguido por la confusa certidumbre de que apenas eran las once y aún le reservaba ese martes muchas horas que emplear.

En su oficina lo esperaba el alcalde con un problema moral. A raíz de las últimas elecciones la policía decomisó y destruyó las cédulas electorales del partido de oposición. La mayoría de los habitantes del pueblo carecía ahora de instrumentos de identificación.

—Esa gente que está transportando sus casas —concluyó el alcalde con los brazos abiertos— ni siquiera sabe cómo se llama.

El juez Arcadio comprendió que detrás de esos brazos abiertos había una sincera aflicción. Pero el problema del alcalde era sencillo: bastaba solicitar el nombramiento de un registrador del estado civil. El secretario acabó de simplificar la solución:

—No tiene sino que mandarlo a llamar —dijo—. Está nombrado desde hace como un año.

El alcalde lo recordó. Meses antes, cuando se le comunicó el nombramiento de registrador del estado civil, había hecho una llamada a larga distancia para preguntar cómo debía recibirlo, y le habían contestado: «A tiros». Ahora llegaban órdenes distintas. Se volvió hacia el secretario con las manos en los bolsillos, y le dijo:

—Escriba la carta.

El tableteo de la máquina produjo en la oficina un ambiente de dinamismo que repercutió en la conciencia del juez Arcadio. Se encontró vacío. Sacó del bolsillo de la camisa un cigarrillo resortado, y lo frotó entre la palma de las manos antes de encenderlo. Después echó el asiento hacia atrás, hasta el límite de los muelles, y en aquella postura lo sorprendió la definida certidumbre de que estaba viviendo un minuto de su vida.

Armó la frase antes de pronunciarla:

—Yo en su lugar nombraría también un agente del ministerio público.

Al contrario de lo que esperaba, el alcalde no respondió en seguida. Miró el reloj pero no vio la hora. Se conformó con la comprobación de que aún faltaba mucho tiempo para almorzar. Cuando habló lo hizo sin entusiasmo: no conocía el procedimiento para nombrar al agente del ministerio público.

—El personero era nombrado por el concejo municipal —explicó el juez Arcadio—. Como ahora no hay concejo, el régimen del estado de sitio lo autoriza a usted para nombrarlo.

El alcalde escuchó mientras firmaba la carta sin leerla. Luego hizo un comentario entusiasta, pero el secretario tuvo una observación de carácter ético al procedimiento recomendado por su superior. El juez Arcadio insistió: era un procedimiento de emergencia bajo un régimen de emergencia.

—Me suena —dijo el alcalde.

Se quitó la gorra para abanicarse y el juez Arcadio observó la huella del cerco impresa en la frente. Por la manera de abanicarse supo que el alcalde no había acabado de pensar. Desprendió la ceniza del cigarrillo con la larga y curvada uña del meñique, y esperó.

—¿Se le ocurre un candidato? —preguntó el alcalde.

Era evidente que se dirigía al secretario.

—Un candidato —repitió el juez cerrando los ojos.

—Yo en su lugar nombraría un hombre honesto —dijo el secretario.

El juez reparó la impertinencia. «Eso se cae de su peso», dijo, y miró alternativamente a los dos hombres.

—Por ejemplo —dijo el alcalde.

—No se me ocurre ahora —dijo el juez, pensativo.

El alcalde se dirigió a la puerta. «Piénselo», dijo. «Cuando salgamos de la vaina de las inundaciones resolvemos la vaina del personero». El secretario permaneció echado sobre la máquina hasta cuando acabó de oír el taconeo del alcalde.

—Está loco —dijo entonces—. Hace año y medio le desbarataron la cabeza a culatazos al personero, y ahora anda buscando un candidato para regalarle el puesto.

El juez Arcadio se incorporó de un salto.

—Me voy —dijo—. No quiero que me dañes el almuerzo con tus narraciones terroríficas.

Abandonó la oficina. Había un elemento aciago en la composición del mediodía. El secretario lo registró con su sensibilidad para la superstición. Cuando puso el candado le pareció estar ejecutando un acto prohibido. Huyó. En la puerta de la telegrafía alcanzó al juez Arcadio, que se interesaba en averiguar si el truco de los naipes era de algún modo aplicable al juego del póker. El telegrafista se negó a revelar el secreto. Llegaba hasta el límite de repetir el truco indefinidamente para ofrecer al juez Arcadio la oportunidad de descubrir la clave. También el secretario observó la maniobra. Al final había llegado a una conclusión. El juez Arcadio, en cambio, ni siquiera miró las tres cartas. Sabía que eran las mismas que había elegido al azar, y que el telegrafista le devolvía sin haberlas visto.

—Es cuestión de magia —dijo el telegrafista.

El juez Arcadio sólo pensaba entonces en la empresa de atravesar la calle. Cuando se resignó a caminar, agarró al secretario por el brazo y lo obligó a zambullirse con él en la atmósfera de vidrio fundido. Emergieron en la acera sombreada. Entonces el secretario le explicó la clave del truco. Era tan sencilla que el juez Arcadio se sintió ofendido.

Caminaron un trayecto en silencio.

—Naturalmente —dijo de pronto el juez con un rencor gratuito— usted no averiguó los datos.

El secretario se demoró un instante buscando el sentido de la frase.

—Es muy difícil —dijo finalmente—. La mayoría de los pasquines los arrancan antes del amanecer.

—Ese es otro truco que no entiendo —dijo el juez Arcadio—. A mí no me quitaría el sueño un pasquín que nadie lee.

—Esa es la cosa —dijo el secretario, deteniéndose, pues había llegado a su casa—. Lo que quita el sueño no son los pasquines, sino el miedo a los pasquines.

A pesar de estar incompletos, el juez Arcadio quiso conocer los datos recogidos por el secretario. Anotó los casos, con nombres y fechas: once en siete días. No había ninguna relación entre los once nombres. Quienes habían visto los pasquines coincidían en que estaban escritos a brocha, en tinta azul y con letras de imprenta, revueltas mayúsculas y minúsculas, como redactados por un niño. La ortografía era tan absurda que parecían errores deliberados. No revelaban ningún secreto: nada se decía en ellos que no fuera desde hacía tiempo del dominio público. Había hecho todas las conjeturas posibles cuando el sirio Moisés lo llamó desde la tienda.

—¿Tiene un peso?

El juez Arcadio no comprendió. Pero se volteó al revés los bolsillos: veinticinco centavos y una moneda norteamericana que usaba como amuleto desde la Universidad. El sirio Moisés cogió los veinticinco centavos.

—Llévese lo que quiera y me lo paga cuando quiera —dijo. Hizo cantar las monedas en la gaveta vacía—. No quiero que me den las doce sin hacer el nombre de Dios.

De manera que al golpe de las doce el juez Arcadio entró a casa cargado de regalos para su mujer. Se sentó en la cama a cambiarse los zapatos mientras ella se envolvía el cuerpo en un corte de seda estampada. Imaginó su apariencia, después del parto, con el vestido nuevo. Le dio un beso a su marido en la nariz. El trató de esquivarla, pero ella se fue de bruces sobre él, de través en la cama. Permanecieron inmóviles. El juez

Arcadio le pasó la mano por la espalda, sintiendo el calor del vientre voluminoso, hasta cuando percibió la palpitación de sus riñones.

Ella levantó la cabeza. Murmuró, con los dientes apretados:

—Espérate y cierro la puerta.

El alcalde esperó hasta cuando acabaron de instalar la última casa. En veinte horas habían construido una calle nueva, ancha y pelada, que terminaba de golpe en la pared del cementerio. Después de ayudar a colocar los muebles, trabajando hombro a hombro con los propietarios, el alcalde entró asfixiándose a la cocina más próxima. La sopa hervía en un fogón de piedras improvisado en el suelo. Destapó la olla de barro y aspiró por un instante la humareda. Del otro lado del fogón una mujer enjuta de ojos grandes y apacibles lo observó en silencio.

—Se almuerza —dijo el alcalde.

La mujer no respondió. Sin ser invitado, el alcalde se sirvió un plato de sopa. Entonces la mujer fue al cuarto por un asiento y lo puso frente a la mesa para que el alcalde se sentara. Mientras tomaba la sopa, examinó el patio con una especie de terror reverencial. Ayer, aquel era un solar pelado. Ahora había ropa puesta a secar y dos cerdos revolcándose en el fango.

—Pueden hasta sembrar —dijo.

La mujer respondió sin levantar la cabeza: «Se lo comen los puercos». Después sirvió en un mismo plato un pedazo de carne sancochada, dos trozos de yuca y medio plátano verde, y lo llevó a la mesa. De un modo ostensible, puso en aquel acto de generosidad toda la indiferencia de que era capaz. El alcalde, sonriendo, buscó con los suyos los ojos de la mujer.

—Hay para todos —dijo.

—Quiera Dios que se le indigeste —dijo la mujer, sin mirarlo.

El pasó por alto el mal deseo. Se dedicó por entero al almuerzo, sin ocuparse de los chorros de sudor que descendían por su cuello. Cuando terminó, la mujer recogió el plato vacío, todavía sin mirarlo.

—¿Hasta cuándo van a seguir así? —preguntó el alcalde.

La mujer habló sin que se alterara su expresión apacible.

—Hasta que nos resuciten los muertos que nos mataron.

—Ahora es distinto —explicó el alcalde—. El nuevo gobierno se preocupa por el bienestar de los ciudadanos. Ustedes, en cambio . . .

La mujer le interrumpió.

—Son los mismos con las mismas . . .

—Un barrio como éste, construido en veinticuatro horas, era una cosa que no se veía antes —insistió el alcalde—. Estamos tratando de hacer un pueblo decente.

La mujer recogió la ropa limpia en el alambre y la llevó al cuarto. El alcalde la siguió con la mirada hasta escuchar la respuesta:

—Este era un pueblo decente antes que vinieran ustedes.

No esperó el café. «Desagradecidos», dijo. «Les estamos regalando tierra y todavía se quejan». La mujer no replicó. Pero cuando el alcalde atravesó la cocina en dirección a la calle, murmuró inclinada sobre el fogón:

—Aquí será peor. Más nos acordaremos de ustedes

76

con los muertos en el traspatio.

El alcalde trató de hacer una siesta mientras llegaban las lanchas. Pero no resistió el calor. La hinchazón de la mejilla había empezado a ceder. Sin embargo, no se sentía bien. Siguió el curso imperceptible del río durante dos horas, oyendo el pito de una chicharra dentro del cuarto. No pensaba en nada.

Cuando oyó el motor de las lanchas, se desnudó, se secó el sudor con una toalla y se cambió de uniforme. Luego buscó la chicharra, la agarró con el pulgar y el índice, y salió a la calle. De la multitud que esperaba las lanchas surgió un niño limpio, bien vestido, que le cerró el paso con una ametralladora de material plástico. El alcalde le dio la chicharra.

Un momento después, sentado en el almacén del sirio Moisés, observó la maniobra de las lanchas. El puerto hirvió durante diez minutos. El alcalde sintió pesadez de estómago y una punta de dolor de cabeza, y recordó el mal deseo de la mujer. Luego se tranquilizó, observando a los viajeros que atravesaban la plataforma de madera, y estiraban los músculos después de ocho horas de inmovilidad.

—La misma vaina —dijo.

El sirio Moisés le hizo caer en la cuenta de una novedad: llegaba un circo. El alcalde advirtió que era cierto, aunque no habría podido decir por qué. Tal vez por un montón de palos y trapos de colores amontonados en el techo de la lancha, y por dos mujeres exactamente iguales embutidas en idénticos trajes de flores, como una misma persona repetida.

—Al menos viene un circo —murmuró.

El sirio Moisés habló de fieras y malabaristas. Pero el alcalde tenía otra manera de pensar en el circo. Con las piernas estiradas miró la punta de sus botas.

—El pueblo progresa —dijo.

El sirio Moisés dejó de abanicarse. «¿Sabes cuánto he vendido hoy?», preguntó. El alcalde no arriesgó ningún cálculo, pero esperó la respuesta.

—Veinticinco centavos —dijo el sirio.

En ese instante, el alcalde vio al telegrafista abriendo el saco del correo para entregar la correspondencia al doctor Giraldo. Lo llamó. El correo oficial venía en un sobre distinto. Rompió los sellos y se dio cuenta de que eran comunicaciones rutinarias y hojas impresas de propaganda del régimen. Cuando acabó de leer, el muelle estaba transformado: bultos de mercancía, huacales de gallinas y los enigmáticos artefactos del circo. Empezaba a atardecer. Se incorporó suspirando:

—Veinticinco centavos.

—Veinticinco centavos —repitió el sirio con voz sólida, casi sin acento.

El doctor Giraldo observó hasta el final el descargue de las lanchas. Fue él quien dirigió la atención del alcalde hacia un mujer vigorosa, de apariencia hierática, con varios juegos de pulseras en ambos brazos. Parecía esperar al Mesías bajo una sombrilla de colores. El alcalde no se detuvo a pensar en la recién llegada.

—Debe ser la domadora —dijo.

—En cierto modo tiene razón —dijo el doctor Giraldo, mordiendo las palabras con su doble hilera de piedras afiladas—. Es la suegra de César Montero.

El alcalde siguió de largo. Miró el reloj: las cuatro menos veinticinco. En la puerta del cuartel el guardia le informó que el padre Angel lo había esperado media hora y que volvería a las cuatro.

De nuevo en la calle, sin saber qué hacer, vio al dentista en la ventana del gabinete y se acercó a pedirle fuego. El dentista se lo dio, observando la mejilla todavía hinchada.

—Ya estoy bien —dijo el alcalde.

Abrió la boca. El dentista observó:

—Hay varias piezas por calzar.

El alcalde se ajustó el revólver al cinto. «Por aquí vendré», decidió. El dentista no cambió de expresión.

—Venga cuando quiera, a ver si se cumplen mis deseos de que se muera en mi casa.

El alcalde le dio una palmada en el hombro. «No se cumplirán», comentó de buen humor. Y concluyó con los brazos abiertos:

—Mis muelas están por encima de los partidos.

—¿Entonces no te casas?

La mujer del juez Arcadio abrió las piernas. «Ni esperanzas, padre», respondió. «Y menos ahora que voy a parirle un muchacho». El padre Angel desvió la mirada hacia el río. Una vaca ahogada, enorme, descendía por el hilo de la corriente, con varios gallinazos encima.

—Pero será un hijo ilegítimo —dijo.

—No le hace —dijo ella—. Ahora Arcadio me trata bien. Si lo obligo a que se case, después se siente amarrado y la paga conmigo.

Se había quitado los zuecos, y hablaba con las rodillas separadas, los dedos de los pies acaballados en el travesaño del taburete. Tenía el abanico en el regazo y los brazos cruzados sobre el vientre voluminoso. «Ni esperanzas, padre», repitió, pues el padre Angel permanecía silencioso. «Don Sabas me compró por 200 pesos, me sacó el jugo tres meses y después me echó a la calle sin un alfiler. Si Arcadio no me recoge, me hubiera muerto de hambre». Miró al padre por primera vez:

—O hubiera tenido que meterme a puta.

El padre Angel llevaba seis meses insistiendo.

—Debes obligarlo a casarse y a formar un hogar —dijo—. Así, como viven ahora, no sólo estás en una situación insegura, sino que constituyen un mal ejemplo para el pueblo.

—Es mejor hacer las cosas francamente —dijo ella—. Otros hacen lo mismo, pero con las luces apagadas. ¿Usted no ha leído los pasquines?

—Son calumnias —dijo el padre—. Tienes que regularizar tu situación y ponerte a salvo de la maledicencia.

—¿Yo? —dijo—. No tengo que ponerme a salvo de nada porque hago todas mis cosas a la luz del día. La prueba es que nadie se gasta su tiempo poniéndome un pasquín, y en cambio a todos los decentes de la plaza los tienen empapelados.

—Eres torpe —dijo el padre—, pero Dios te ha deparado la suerte de conseguir un hombre que te estima. Por lo mismo debes casarte y formalizar tu hogar.

—Yo no entiendo de esas cosas —dijo ella—, pero de todos modos, así como estoy tengo donde dormir y no me falta para comer.

—¿Y si te abandona?

Ella se mordió los labios. Sonrió enigmáticamente al responder:

—No me abandona, padre. Yo sé por qué se lo digo.

Tampoco esta vez el padre Angel se dio por vencido. Le recomendó que al menos asistiera a misa. Ella respondió que lo haría «un día de estos», y el padre continuó su paseo en espera de que llegara la hora de encontrarse con el alcalde. Uno de los sirios le hizo observar el buen tiempo, pero él no le puso atención. Se interesó en los pormenores del circo que descargaba sus fieras ansiosas en la tarde brillante. Allí estuvo hasta las cuatro.

El alcalde se despedía del dentista cuando vio acercarse al padre Angel. «Puntuales», dijo, y le estrechó la mano. «Puntuales, aunque no esté lloviendo». Resuelto a subir la empinada escalera del cuartel, el padre Angel replicó:

—Ni se está acabando el mundo.

Dos minutos después fue introducido a la pieza de César Montero.

Mientras duró la confesión, el alcalde estuvo sentado en el corredor. Se acordó del circo, de una mujer agarrada a una lengüeta con los dientes, a cinco metros de altura, y de un hombre con un uniforme azul, bordado en oro, repicando en un redoblante. Media hora más tarde, el padre Angel abandonó la pieza de César Montero.

—¿Listo? —preguntó el alcalde.

El padre Angel lo examinó con rencor.

—Están cometiendo un crimen —dijo—. Ese hombre tiene más de cinco días sin comer. Sólo su constitución física le ha permitido sobrevivir.

—Es su gusto —dijo el alcalde, tranquilamente.

—No es cierto —dijo el padre, imprimiendo a su voz una serena energía—. Usted dio orden de que no le dieran de comer.

El alcalde le apuntó con el índice.

—Cuidado, padre. Está violando el secreto de la confesión.

—Esto no hace parte de la confesión —dijo el padre.

El alcalde se incorporó de un salto. «No lo tome a la brava», dijo, riendo de pronto. «Si tanto le preo-

cupa, ahora mismo le ponemos remedio». Hizo venir
a un agente y dio orden de que le llevaran comida del
hotel a César Montero. «Que manden un pollo entero,
bien gordo, con un plato de papas y una palangana
de ensalada», dijo, y agregó, dirigiéndose al padre:

—Todo por cuenta del municipio, padre. Para que vea
cómo han cambiado las cosas.

El padre Angel bajó la cabeza.

—¿Cuándo lo despacha?

—Las lanchas salen mañana —dijo el alcalde—. Si
entra en razón esta noche se va mañana mismo. Sólo
tiene que darse cuenta de que estoy tratando de hacerle
un favor.

—Un favor un poco caro —dijo el padre.

—No hay favor que no le cueste plata a quien la
tiene —dijo el alcalde. Fijó sus ojos en los diáfanos
ojos azules del padre Angel, y agregó:

—Espero que usted le haya hecho comprender todas
esas cosas.

El padre Angel no respondió. Bajó la escalera y se
despidió desde el descanso con un bramido sordo.
Entonces el alcalde atravesó el corredor y entró sin
tocar a la pieza de César Montero.

Era una habitación simple: un aguamanil y una cama
de hierro. César Montero, sin afeitarse, vestido con
la misma ropa con que salió de su casa el martes de
la semana anterior, estaba tumbado en la cama. No
movió ni siquiera los ojos cuando oyó al alcalde: «Ya
que arreglaste las cuentas con Dios —dijo éste—, nada
más justo que las arregles conmigo». Rodando una silla
hacia la cama se sentó acaballado, con el pecho contra
el espaldar de mimbre. César Montero concentró la
atención en las vigas del techo. No parecía preocupado
a pesar de que en la comisura de los labios se advertían

82

los estragos de una larga conversación consigo mismo. «Tú y yo no tenemos que andar con rodeos», le oyó decir al alcalde. «Mañana te vas. Si tienes suerte, dentro de dos o tres meses vendrá un investigador especial. A nosotros nos corresponde informarlo. En la lancha de la semana siguiente, regresará convencido de que hiciste una estupidez».

Hizo una pausa, pero César Montero siguió imperturbable.

—Después, entre los tribunales y los abogados te arrancarán por lo menos veinte mil pesos. O más, si el investigador especial se encarga de decirles que eres millonario.

César Montero volteó la cabeza hacia él. Fue un movimiento casi imperceptible que sin embargo hizo crujir los resortes de la cama.

—Con todo —el alcalde continuó con una voz de asistente espiritual—, en vueltas y papeleos te clavarán dos años, si te va bien.

Se sintió examinado desde la punta de las botas. Cuando la mirada de César Montero llegó hasta sus ojos, todavía no había terminado de hablar. Pero había cambiado de tono.

—Todo lo que tienes me lo debes a mí —decía—. Había orden de acabar contigo. Había orden de asesinarte en una emboscada y de confiscar tus reses para que el gobierno tuviera cómo atender a los enormes gastos de las elecciones en todo el departamento. Tú sabes que otros alcaldes lo hicieron en otros municipios. Aquí en cambio, desobedecimos la orden.

En ese momento percibió la primera señal de que César Montero pensaba. Abrió las piernas. Con los brazos apoyados en el espaldar de la silla respondió a un cargo no formulado en voz alta por su interlocutor:

—Ni un centavo de lo que pagaste por tu vida fue para mí —dijo—. Todo se gastó en la organización de las elecciones. Ahora el nuevo gobierno ha decidido que haya paz y garantías para todos y yo sigo reventando con mi sueldo mientras tú te pudres en plata. Hiciste un buen negocio.

César Montero inició el laborioso proceso de incorporarse. Cuando estuvo en pie, el alcalde se vio a sí mismo: minúsculo y triste frente a una bestia monumental. Hubo una especie de fervor en la mirada con que lo siguió hasta la ventana.

—El mejor negocio de tu vida —murmuró.

La ventana daba sobre el río. César Montero no lo reconoció. Se vio en un pueblo distinto, frente a un río momentáneo. «Estoy tratando de ayudarte», oyó decir a sus espaldas. «Todos sabemos que fue una cuestión de honor, pero te costará trabajo probarlo. Cometiste la estupidez de romper el pasquín». En ese instante, una tufarada nauseabunda invadió la habitación.

—La vaca —dijo el alcalde—, debió vararse en alguna parte.

César Montero permaneció en la ventana, indiferente a la vaharada de putrefacción. No había nadie en la calle. En el muelle, tres lanchas fondeadas, cuya tripulación colgaba las hamacas para dormir. Al día siguiente a las siete de la mañana, la visión sería distinta: durante media hora el puerto estaría en ebullición, esperando que embarcaran al preso. César Montero suspiró. Se metió las manos en los bolsillos y con ánimo resuelto, pero sin apresurarse, resumió en dos palabras su pensamiento:

—¿Cuánto es?

La respuesta fue inmediata:

—Cinco mil pesos en terneros de un año.

—Y cinco terneros más —dijo César Montero—, para que me mande esta misma noche, después del cine, en una lancha expresa.

La lancha lanzó un silbido, dio la vuelta en el centro del río y la muchedumbre concentrada en el muelle y las mujeres en las ventanas, vieron por última vez a Rosario de Montero junto a su madre, sentada en el mismo baúl de hojalata con que desembarcó en el pueblo siete años antes. Afeitándose en la ventana del consultorio, el doctor Octavio Giraldo tuvo la impresión de que aquel era en cierto modo un viaje de regreso a la realidad.

El doctor Giraldo la había visto la tarde de su llegada, con su escuálido uniforme de normalista y sus zapatos de hombre, averiguando en el puerto quién le cobraba menos por llevarle el baúl hasta la escuela. Parecía dispuesta a envejecer sin ambiciones en aquel pueblo cuyo nombre vio escrito por primera vez —según ella misma contaba— en la papeleta que sacó de un sombrero cuando sortearon entre once aspirantes seis puestos disponibles. Se instaló en un cuartito de la escuela, con una cama de hierro y un aguamanil, dedicada en sus horas libres a bordar manteles mientras hervía la mazamorra en el reverbero de petróleo. Ese mismo año, por Navidad, conoció a César Montero en una verbena escolar. Era un soltero cimarrón de origen oscuro, enriquecido en la extracción de maderas, que vivía en la selva virgen entre perros montunos y no aparecía en el pueblo sino de manera ocasional, siempre sin afeitarse, con unas botas de tacones herrados y una escopeta de dos cañones. Fue como si otra vez hubiera sacado del sombrero la papeleta premiada, pensaba el doctor Giraldo

86

con la barba embadurnada de espuma, cuando una tufarada nauseabunda lo sacó de sus recuerdos.

Una bandada de gallinazos se dispersó en la ribera opuesta, espantados por la oleada de la lancha. El tufo de la podredumbre permaneció un momento sobre el muelle, se meció en la brisa matinal y entró hasta el fondo de las casas.

—¡Todavía, carajo! —exclamó el alcalde en el balcón de su dormitorio, observando la dispersión de gallinazos—. La puta vaca.

Se tapó la nariz con un pañuelo, entró al dormitorio y cerró la puerta del balcón. Dentro persistía el olor. Sin quitarse la gorra colgó el espejo de un clavo e inició una cuidadosa tentativa de afeitarse la mejilla todavía un poco inflamada. Un momento después, el empresario del circo llamó a la puerta.

El alcalde lo hizo sentar, observándolo por el espejo mientras se afeitaba. Tenía una camisa a cuadros negros, pantalones de montar con polainas y una fusta con que se daba golpecitos sistemáticos en la rodilla.

—Ya me pusieron la primera queja de ustedes —dijo el alcalde acabando de arrastrar con la navaja los rastrojos de dos semanas de desesperación—. Anoche mismo.

—¿Qué sería?

—Que están mandando a los muchachos a robarse los gatos.

—No es cierto —dijo el empresario—; compramos a peso todo gato que nos lleven sin preguntar de dónde salió, para alimentar a las fieras.

—¿Se los echan vivos?

—Ah, no —protestó el empresario—; eso despertaría el instinto de crueldad de las fieras.

Después de lavarse, el alcalde se volvió hacia él frotándose la cara con la toalla. Hasta entonces no se había dado cuenta de que llevaba anillos con piedras de colores en casi todos los dedos.

—Pues va a tener que inventar cualquier otra cosa —dijo—. Cacen caimanes, si quieren, o aprovechen el pescado que se pierde en este tiempo. Pero gatos vivos, ni de vaina.

El empresario se encogió de hombros y siguió al alcalde hasta la calle. Grupos de hombres conversaban en el puerto, a pesar del mal olor de la vaca atascada en las breñas de la ribera opuesta.

—Maricas —gritó el alcalde—. En lugar de estarse ahí comadreando como mujeres debían haber organizado desde ayer tarde una comisión para desvarar esa vaca.

Algunos hombres lo rodearon.

—Cincuenta pesos —propuso el alcalde—, al que me traiga a la oficina antes de una hora los cachos de esa vaca.

Un desorden de voces estalló en el extremo del muelle. Algunos hombres habían oído la oferta del alcalde y saltaban a las canoas, gritándose desafíos recíprocos mientras soltaban las amarras. «Cien pesos», dobló el alcalde entusiasmado. «Cincuenta por cada cacho». Llevó al empresario hasta el extremo del muelle. Ambos esperaron hasta que las primeras embarcaciones alcanzaron los médanos de la otra orilla. Entonces el alcalde se volvió sonriendo hacia el empresario.

—Este es un pueblo feliz —dijo.

El empresario afirmó con la cabeza. «Lo único que nos falta son cosas como ésta», prosiguió el alcalde. «La gente piensa demasiado en pendejadas por falta de oficio». Poco a poco, un grupo de niños se había ido formando en torno a ellos.

—Ahí está el circo —dijo el empresario.

El alcalde lo arrastraba por el brazo hacia la plaza.

—¿Qué es lo que hacen? —preguntó.

—De todo —dijo el empresario—; tenemos un espectáculo muy completo, para chicos y grandes.

—Eso no basta —replicó el alcalde—. Es necesario, además, que lo pongan al alcance de todos.

—También eso lo tenemos en cuenta —dijo el empresario.

Fueron juntos hasta un solar baldío detrás del salón de cine, donde habían empezado a parar la carpa. Hombres y mujeres de aspecto taciturno sacaban trastos y colorines de los enormes baúles enchapados en latón de fantasía. Cuando siguió al empresario a través del apelotonamiento de seres humanos y cachivaches, estrechando la mano de todos, el alcalde se sintió en un ambiente de naufragio. Una mujer robusta, de ademanes resueltos y la dentadura casi completamente orificada, le examinó la mano después de estrechársela.

—Hay algo raro en tu futuro —dijo.

El alcalde retiró la mano, sin poder reprimir un momentáneo sentimiento de depresión. El empresario le dio a la mujer un golpecito en el brazo con la fusta. «Deja en paz al teniente», le dijo sin detenerse, empujando al alcalde hacia el fondo del solar donde estaban las fieras.

—¿Usted cree en eso? —le preguntó.

—Depende —dijo el alcalde.

—A mí no han logrado convencerme —dijo el empresario—. Cuando uno anda en estas cosas termina por no creer sino en la voluntad humana.

El alcalde contempló los animales adormecidos por el calor. Las jaulas exhalaban un vapor agrio y cálido y había una especie de angustia sin esperanzas en la pausada respiración de las fieras. El empresario acarició con la fusta la nariz de un leopardo que se retorció en un mimo, quejumbroso.

—¿Cómo se llama? ——preguntó el alcalde.

—Aristóteles.

—Me refiero a la mujer —aclaró el alcalde.

—Ah —hizo el empresario—; le decimos Casandra, espejo del porvenir.

El alcalde mostró una expresión desolada.

—Me gustaría acostarme con ella —dijo.

—Todo es posible —dijo el empresario.

La viuda de Montiel descorrió las cortinas de su dormitorio murmurando: «Los pobrecitos hombres». Puso en orden la mesa de noche, guardó en la gaveta el rosario y el libro de oraciones y limpió las suelas de sus babuchas malva en la piel de tigre extendida frente a la cama. Luego dio una vuelta completa en la habitación para cerrar con llave el tocador, las tres puertas del escarapate y un armario cuadrado, sobre el que había un San Rafael de yeso. Por último echó llave a la habitación.

Mientras descendía por la amplia escalera de baldosas con laberintos grabados, pensaba en el raro destino de Rosario de Montero. Cuando la vio cruzar la esquina del puerto, con su aplicada compostura de escolar a quien le han enseñado a no volver la cabeza, la viuda de Montiel, asomada a las rendijas de su balcón, presintió que algo que había empezado a acabarse desde hacía mucho tiempo había por fin terminado.

En el descanso de la escalera le salió al encuentro el hervor de su patio de feria rural. A un lado de la baranda había un andamio con quesos envueltos en hojas nuevas; más allá, en una galería exterior, había sacos de sal arrumados y pellejos de miel, y al fondo del patio un establo con mulas y caballos, y sillas de montar en los travesaños. Las casa estaba impregnada de un persistente olor a bestia de carga revuelto con otro olor de curtiembre y molienda de caña.

En la oficina, la viuda dio los buenos días al señor Carmichael, que separaba fajos de billetes en el escritorio, mientras comprobaba las cantidades en el libro de cuentas. Al abrir la ventana sobre el río, la luz de las nueve entró en la sala recargada de adornos baratos, con grandes butacas enfundadas en forros grises y un retrato ampliado de José Montiel con un lazo funerario en el marco. La viuda percibió el vaho de la podredumbre antes de ver las embarcaciones en los médanos de la ribera opuesta.

—¿Qué pasa en la otra orilla? —preguntó.

—Están tratando de desvarar una vaca muerta —respondió el señor Carmichael.

—Entonces era eso —dijo la viuda—. Toda la noche pasé soñando con este olor —miró al señor Carmichael absorto en su trabajo y agregó—: Ahora sólo nos falta el diluvio.

El señor Carmichael habló sin levantar la cabeza.

—Empezó hace quince días —dijo.

—Así es —admitió la viuda—; ahora hemos llegado al final. Sólo nos falta acostarnos en una sepultura, a sol y sereno, hasta que nos venga la muerte.

El señor Carmichael la escuchaba sin interrumpir sus cuentas. «Hace años nos quejábamos de que no pasaba nada en este pueblo», prosiguió la viuda. «De pronto empezó la tragedia, como si Dios hubiera dispuesto que sucedieran juntas todas las cosas que durante tantos años habían dejado de suceder».

Desde la caja fuerte, el señor Carmichael se volvió a mirarla y la vio de codos en la ventana, los ojos fijos en la ribera opuesta. Vestía un traje negro con mangas hasta los puños y se mordisqueaba las uñas.

—Cuando pasen las lluvias mejorarán las cosas —dijo el señor Carmichael.

—No pasarán —pronosticó la viuda—. Las desgracias nunca vienen solas. ¿Usted no vio a Rosario de Montero?

El señor Carmichael la había visto. «Todo esto es un escándalo sin motivo», dijo. «Si uno presta oídos a los pasquines termina por volverse loco».

—Los pasquines —suspiró la viuda.

—A mí ya me pusieron el mío —dijo el señor Carmichael.

Ella se aproximó al escritorio con una expresión de estupor.

—¿A usted?

—A mí —confirmó el señor Carmichael—. Me lo pusieron bien grande y bien completo el sábado de la semana pasada. Parecía un aviso de cine.

La viuda rodó una silla hacia el escritorio. «Es una infamia», exclamó. «No hay nada que decir de una familia ejemplar como la suya». El señor Carmichael no estaba alarmado.

—Como mi mujer es blanca, los muchachos nos han salido de todos los colores —explicó—. Imagínese: son once.

—Por supuesto —dijo la viuda.

—Pues decía el pasquín que yo soy padre solamente de los muchachos negros. Y daban la lista de los padres de los otros. Enredaron hasta a don Chepe Montiel, que en paz descanse.

—¡A mi marido!

—Al suyo y al de cuatro señoras más —dijo el señor Carmichael.

La viuda empezaba a sollozar. «Por fortuna mis hijas están lejos», decía. «Dicen que no quieren volver a este país salvaje donde asesinan a estudiantes en la calle, y yo les contesto que tienen razón, que se queden en París para siempre». El señor Carmichael dió media vuelta a la silla, comprendiendo que el embarazoso episodio de todos los días había otra vez comenzado.

—Usted no tiene por qué preocuparse —dijo.

—Al contrario —sollozó la viuda—. Soy la primera que ha debido enrollar sus corotos y largarse de este pueblo, aunque se pierdan esas tierras y estos trajines de todo el día que tanto tienen que ver con la desgracia. No, señor Carmichael: no quiero bacinillas de oro para escupir sangre.

El señor Carmichael trató de consolarla.

—Usted tiene que afrontar sus responsabilidades —dijo—. No se puede tirar una fortuna por la ventana.

—La plata es el cagajón del diablo —dijo la viuda.

—Pero en este caso es también el resultado del duro trabajo de don Chepe Montiel.

La viuda se mordió los dedos.

—Usted sabe que no es cierto —replicó—. Es dinero mal habido y el primero en pagarlo al morirse sin confesión fue José Montiel.

No era la primera vez que lo decía.

—La culpa, naturalmente, es de ese criminal —exclamó señalando al alcalde que pasaba por la acera opuesta llevando del brazo al empresario del circo—. Pero es a mí a quien corresponde la expiación.

El señor Carmichael la abandonó. Metió en una caja de cartón los fajos de billetes sujetos con hilos de caucho y desde la puerta del patio llamó a los peones por orden alfabético.

Mientras los hombres recibían la paga del miércoles, la viuda de Montiel los sentía pasar sin responder a los saludos. Vivía sola en la sombría casa de nueve cuartos donde murió la Mamá Grande, y que José Montiel había comprado sin suponer que su viuda tendría que sobrellevar en ella su soledad hasta la muerte. De noche, mientras recorría con la bomba del insecticida los aposentos vacíos, se encontraba a la Mamá Grande destripando piojos en los corredores, y le preguntaba: «¿Cuándo me voy a morir?» Pero aquella comunicación feliz con el más allá no había logrado sino aumentar su incertidumbre, porque las respuestas, como las de todos los muertos, eran tontas y contradictorias.

Poco después de las once, la viuda vio a través de las lágrimas al padre Angel atravesando la plaza. «Padre, padre», llamó, sintiendo que con aquella llamada estaba dando un paso final. Pero el padre Angel no la oyó. Había tocado en la casa de la viuda de Asís, en la acera de enfrente, y la puerta se había entreabierto de un modo sigiloso para darle paso.

En el corredor desbordado por el canto de los pájaros, la viuda de Asís yacía en una silla de lienzo, la cara cubierta con un pañuelo embebido en agua de Florida. Por la manera de llamar a la puerta supo que era el padre Angel, pero prolongó el alivio momentáneo hasta cuando escuchó el saludo. Entonces se descubrió el rostro estragado por el insomnio.

—Perdone, padre —dijo—, no lo esperaba tan temprano.

El padre Angel ignoraba que se le había llamado para almorzar. Se excusó, un poco ofuscado, diciendo que también él había pasado la mañana con dolor

94

de cabeza y había preferido atravesar la plaza antes de que empezara el calor.

—No importa —dijo la viuda—. Sólo quise decir que me encuentra hecha un desastre.

El padre sacó del bolsillo un breviario desencuadernado. «Si quiere, puede reposar un rato más mientras yo rezo», dijo. La viuda se opuso.

—Me siento mejor —dijo.

Caminó hasta el extremo del corredor, con los ojos cerrados, y al regreso extendió el pañuelo con extremada pulcritud en el brazo de la silla plegadiza. Cuando se sentó frente al padre Angel parecía varios años más joven.

—Padre —dijo entonces sin dramatismo—; necesito de su ayuda.

El padre Angel guardó el breviario en el bolsillo.

—A sus órdenes.

—Se trata otra vez de Roberto Asís.

Contrariando su promesa de olvidar el pasquín, Roberto Asís se había despedido el día anterior hasta el sábado, y había vuelto intempestivamente a la casa esa misma noche. Desde entonces hasta el amanecer, cuando lo venció la fatiga, había estado sentado en la oscuridad del cuarto, esperando al supuesto amante de su mujer.

El padre Angel la escuchó perplejo.

—Esto no tiene fundamento —dijo.

—Usted no conoce a los Asís, padre —replicó la viuda—. Llevan el infierno en la imaginación.

—Rebeca conoce mi punto de vista sobre los pasquines —dijo—. Pero si usted lo quiere, puedo hablar también con Roberto Asís.

—De ninguna manera —dijo la viuda—. Eso sería atizar la hoguera. En cambio, si usted se ocupara

de los pasquines en el sermón del domingo, estoy segura de que Roberto Asís se sentiría llamado a la re-
flexión.

El padre Angel se abrió de brazos.

—Imposible —exclamó—. Sería darle a las cosas
una importancia que no tienen.

—Nada es más importante que evitar un crimen.

—¿Usted cree que llegue a esos extremos?

—No solo lo creo —dijo la viuda—, sino que estoy segura de que no me bastarán mis fuerzas para
impedirlo.

Un momento después se sentaron a la mesa. Una sirvienta descalza llevó arroz con frijoles, legumbres san-
cochadas y una fuente con albóndigas cubiertas de una
salsa parda y espesa. El padre Angel se sirvió en silencio. La pimienta picante, el profundo silencio de la
casa y la sensación de desconcierto que en aquel instante ocupaba su corazón, lo transportaron de nuevo a
su escueto cuartito de principiante en el ardiente mediodía de Macondo. En un día como aquél, polvoriento
y cálido, había rehusado dar cristiana sepultura a un
ahorcado a quien los duros habitantes de Macondo se
negaban a enterrar.

Se desabotonó el cuello de la sotana para soltar
el sudor.

—Está bien —dijo a la viuda—. Entonces procuré
que Roberto Asís no falte a la misa del domingo.

La viuda de Asís lo prometió.

El doctor Giraldo y su esposa, que nunca hacían
la siesta, ocuparon la tarde en la lectura de un cuento de Dickens. Estuvieron en la terraza interior, él en
la hamaca, escuchando con los dedos entrelazados en

la nuca; ella con el libro en el regazo, leyendo de espaldas a los rombos de luz donde ardían los geranios. Hizo una lectura desapasionada, con un énfasis profesional, sin cambiar de posición en la silla. No levantó la cabeza hasta el final, pero aún entonces permaneció con el libro abierto en las rodillas, mientras su esposo se lavaba en el platón del aguamanil. El calor anunciaba tormenta.

—¿Es un cuento largo? —preguntó ella, después de pensarlo cuidadosamente.

Con los escrupulosos movimientos aprendidos en la sala de cirugía, el médico retiró la cabeza del platón. «Dicen que es una novela corta», dijo frente al espejo, amasando la brillantina. «Yo diría más bien que es un cuento largo». Se frotó con los dedos la vaselina en el cráneo, y concluyó:

—Los críticos dirían que es un cuento corto, pero largo.

Se vistió en lino blanco, ayudado por su mujer. Había podido confundirse con una hermana mayor, no sólo por la apacible devoción con que lo atendía, sino por la frialdad de los ojos que la hacían parecer una persona de más edad. Antes de salir, el doctor Giraldo le indicó la lista y el orden de las visitas, por si se presentaba un caso urgente, y movió las manecillas del reloj de propaganda en la sala de espera: *El doctor vuelve a las cinco.*

La calle zumbaba de calor. El doctor Giraldo caminó por la acera de sombra perseguido por un presentimiento: a pesar de la dureza del aire no llovería esa tarde. El pito de las chicharras hacía más intensa la soledad del puerto, pero la vaca había sido removida y arrastrada por la corriente, y el olor de la podredumbre había dejado en la atmósfera un enorme vacío.

El telegrafista lo llamó desde el hotel.

—¿Recibió un telegrama?

El doctor Giraldo no lo había recibido.

—Avise condiciones despacho, firmado Arcofán —citó de memoria el telegrafista.

Fueron juntos a la telegrafía. Mientras el médico escribía una respuesta, el empleado empezó a cabecear.

—Es el ácido muriático —explicó el médico sin una gran convicción científica. Y a pesar de su presentimiento, agregó consoladoramente cuando acabó de escribir: «Tal vez llueva esta noche».

El telegrafista contó las palabras. El médico no le puso atención. Estaba pendiente de un voluminoso libro abierto junto al manipulador. Preguntó si era una novela.

—*Los Miserables*, Víctor Hugo —telegrafió el telegrafista. Selló la copia del telegrama y regresó a la baranda con el libro—. Creo que con este demoramos hasta diciembre.

Desde hacía años sabía el doctor Giraldo que el telegrafista ocupaba sus horas libres en transmitirle poemas a la telegrafista de San Bernardo del Viento. Ignoraba que también le leyera novelas.

—Ya esto es en serio —dijo, hojeando el manoseado mamotreto que despertó en su memoria confusas emociones de adolescente—. Alejandro Dumas sería más apropiado.

—A ella le gusta éste —explicó el telegrafista.

—¿Ya la conoces?

El telegrafista negó con la cabeza.

—Pero es lo mismo —dijo—; la reconocería en cualquier parte del mundo por los saltitos que da siempre en la erre.

También aquella tarde reservó el doctor Giraldo una hora para don Sabas. Lo encontró exhausto en la cama, envuelto en una toalla desde la cintura.

—¿Estaban buenos los caramelos? —preguntó el médico.

—Es el calor —se lamentó don Sabas, volviéndose hacia la puerta su enorme cuerpo de abuela—. Me puse la inyección después del almuerzo.

El doctor Giraldo abrió el maletín en una mesa preparada junto a la ventana. Las chicharras pitaban en el patio, y la habitación tenía una temperatura vegetal. Sentado en el pato, don Sabas orinó con un manantial lánguido. Cuando el médico tomó en el tubo de cristal la muestra del líquido ambarino, el enfermo se sintió reconfortado. Dijo, observando el análisis:

—Mucho cuidado, doctor, que no me quiero morir sin saber cómo termina esta novela.

El doctor Giraldo echó una pastilla azul en la muestra.

—¿Cuál novela?

—Los pasquines.

Don Sabas lo siguió con una mirada mansa hasta cuando acabó de calentar el tubo en el mechero de alcohol. Olfateó. Los descoloridos ojos del enfermo lo esperaron con una pregunta.

—Está bien —dijo el médico, mientras vertía la muestra en el pato. Luego escrutó a don Sabas—: ¿Usted también está pendiente de eso?

—Yo no —dijo el enfermo—. Pero estoy gozando como un japonés con el susto de la gente.

El doctor Giraldo preparaba la jeringuilla hipodérmica.

—Además —siguió diciendo don Sabas—, ya el mío me lo pusieron hace dos días. Las mismas pendejadas: las vainas de mis hijos y el cuento de los burros.

El médico presionó la arteria de don Sabas con una sonda de caucho. El enfermo insistió en la historia de los burros, pero tuvo que contarla porque el doctor no creía conocerla.

—Fue un negocio de burros que tuve hace como veinte años —dijo—. Daba la casualidad que todos los burros vendidos por mí amanecían muertos a los dos días, sin huellas de violencia.

Ofreció el brazo de carnes flácidas para que el médico tomara la muestra de sangre. Cuando el doctor Giraldo selló el pinchazo con algodón, don Sabas flexionó el brazo.

—¿Pues sabe usted qué inventó la gente?

El médico movió la cabeza.

—Corrió la bola de que era yo mismo el que entraba de noche a las huertas y les disparaba adentro a los burros, metiéndoles el revólver por el culo.

El doctor Giraldo guardó en el bolsillo del saco el tubo de cristal con la muestra de sangre.

—Esa historia tiene toda la apariencia de ser verdad —dijo.

—Eran las culebras —dijo don Sabas, sentado en la cama como un ídolo oriental—. Pero de todos modos, se necesita ser bien pendejo para escribir un pasquín con lo que sabe todo el mundo.

—Esa ha sido siempre una característica de los pasquines —dijo el médico—. Dicen lo que todo el mundo sabe, que por cierto es casi siempre la verdad.

Don Sabas sufrió una crisis momentánea. «De veras», murmuró, secándose con la sábana el sudor de los párpados abombados. Inmediatamente reaccionó:

—Lo que pasa es que en este país no hay una sola fortuna que no tenga a la espalda un burro muerto.

100

El médico recibió la frase inclinado sobre el aguamanil. Vio reflejada en el agua su propia reacción: un sistema dental tan correcto que no parecía natural. Buscando al paciente por encima del hombro, dijo:

—Yo siempre he creído, mi querido don Sabas, que su única virtud es la desvergüenza.

El enfermo se entusiasmó. Los golpes de su médico le producían una especie de juventud repentina. «Esa, y mi potencia sexual», dijo, acompañando las palabras con una flexión del brazo que pudo ser un estímulo para la circulación, pero que al médico le pareció de una expresiva procacidad. Don Sabas dio un saltito con las nalgas.

—Por eso me muero de risa de los pasquines —prosiguió—. Dicen que mis hijos se llevan por delante a cuanta muchachita empieza a despuntar por esos montes, y yo digo: son hijos de su padre.

Antes de despedirse, el doctor Giraldo tuvo que escuchar una recapitulación espectral de las aventuras sexuales de don Sabas.

—Dichosa juventud —exclamó finalmente el enfermo—. Tiempos felices en que una muchachita de dieciséis años costaba menos que una novilla.

—Esos recuerdos le aumentarán la concentración del azúcar —dijo el médico.

Don Sabas abrió la boca.

—Al contrario —replicó—. Son mejores que sus malditas inyecciones de insulina.

Cuando salió a la calle, el médico llevaba la impresión de que por las arterias de don Sabas había empezado a circular un caldo suculento. Pero otra cosa le preocupaba entonces: los pasquines. Desde hacía días llegaban rumores a su consultorio. Esa tarde, después de la visita a don Sabas, cayó en la cuenta de que en realidad no había oído hablar de otra cosa desde hacía una semana.

Hizo varias visitas en la hora siguiente, y en todas le hablaron de los pasquines. Escuchó los relatos sin hacer comentarios, aparentando una risueña indiferencia, pero en realidad tratando de llegar a una conclusión. Regresaba al consultorio cuando el padre Angel, que salía de donde la viuda de Montiel, lo rescató de sus reflexiones.

—¿Cómo están esos enfermos, doctor? —preguntó el padre Angel.

—Los míos están bien, padre —contestó el médico—. ¿Y los suyos?

El padre Angel se mordió los labios. Tomó al médico del brazo y empezaron a cruzar la plaza.

—¿Por qué me lo pregunta?

—No sé —dijo el médico—. Tengo noticias de que hay una epidemia grave en su clientela.

El padre Angel hizo una desviación que al médico le pareció deliberada.

—Vengo de hablar con la viuda de Montiel —dijo—. A esa pobre mujer los nervios la tienen aniquilada.

—Puede ser la conciencia —diagnosticó el médico.

—Es la obsesión de la muerte.

Aunque vivían en direcciones opuestas, el padre Angel lo acompañaba hacia su consultorio.

—En serio, padre —reanudó el médico—. ¿Usted qué piensa de los pasquines?

—No pienso en ellos —dijo el padre—. Pero si usted me obligara a hacerlo, le diría que son obra de la envidia en un pueblo ejemplar.

—Así no diagnosticábamos los médicos ni en la Edad Media —replicó el doctor Giraldo.

Se detuvieron frente al consultorio. Abanicándose

102

lentamente, el padre Angel repitió por segunda vez en ese día que «no hay que darle a las cosas la importancia que no tienen». El doctor Giraldo se sintió sacudido por una recóndita desesperación.

—¿Cómo sabe usted, padre, que no hay nada cierto en lo que dicen los pasquines?

—Lo sabría por el confesonario.

El médico le miró fríamente a los ojos.

—Más grave aún si no lo sabe por el confesonario —dijo.

Aquella tarde, el padre Angel observó que también en la casa de los pobres se hablaba de los pasquines, pero de un modo diferente y hasta con una saludable alegría. Comió sin apetito, después de asistir a la oración con una espina de dolor de cabeza que atribuyó a las albóndigas del almuerzo. Luego buscó la calificación moral de la película, y por primera vez en su vida experimentó un oscuro sentimiento de soberbia cuando dio las doce campanadas rotundas de la prohibición absoluta. Por último recostó un taburete en la puerta de la calle, sintiendo que su cabeza reventaba de dolor, y se dispuso a verificar públicamente quiénes entraban al cine contraviniendo su advertencia.

Entró el alcalde. Acomodado en un rincón de la platea, fumó dos cigarrillos antes de que empezara la película. La encía estaba completamente desinflamada, pero el cuerpo padecía aún la memoria de las noches pasadas y los estragos de los analgésicos, y los cigarrillos le produjeron náuseas.

El salón de cine era un patio cercado con un muro de cemento, techado con láminas de zinc hasta la mitad de la platea, y con una hierba que parecía revivir cada mañana, abonada con chicle y colillas de cigarrillos. Por un momento, el alcalde vio flotando las bancas de madera sin cepillar, la reja de hierro que separaba las lunetas de la galería, y advirtió una ondulación de vértigo en el espacio pintado de blanco en la pared del fondo, donde se proyectaba la película.

Se sintió mejor cuando las luces se apagaron. Entonces cesó la música estridente del parlante pero se hizo más intensa la vibración del generador eléctrico instalado en una caseta de madera junto al proyector.

Antes de la película pasaron vidrios de propaganda. Un tropel de susurros ahogados, pasos confusos y risas entrecortadas, removió por breves minutos la penumbra. Momentáneamente sobresaltado, el alcalde pensó que aquel ingreso clandestino tenía el carácter de una subversión contra las rígidas normas del padre Angel.

Aunque sólo hubiera sido por la estela de agua de colonia habría reconocido al propietario del cine cuando pasó junto a él.

—Bandolero —le susurró, agarrándolo por el brazo—. Tendrás que pagar un impuesto especial.

Riendo entre dientes, el propietario ocupó el puesto vecino.

—La película es buena —dijo.

—Por mí —dijo el alcalde—, preferiría que todas fueran malas. No hay nada más aburrido que el cine moral.

Años antes, nadie había tomado muy en serio aquella censura de campanas. Pero cada domingo, en la misa mayor, el padre Angel señalaba desde el púlpito y expulsaba de la iglesia a las mujeres que durante la semana habían contravenido su advertencia.

—La salvación ha sido la puertecita de atrás— dijo el propietario.

104

El alcalde había empezado a seguir el envejecido noticiero. Habló haciendo una pausa cada vez que encontraba en la pantalla un punto de interés.

—En todo es lo mismo —dijo—. El cura no les da la comunión a las mujeres que llevan mangas cortas, y ellas siguen usando mangas cortas, pero se ponen mangas postizas antes de entrar a misa.

Después del noticiero pasaron los avances de la película de la semana siguiente. Los vieron en silencio. Al terminar, el propietario se inclinó hacia el alcalde.

—Teniente —le susurró—; cómpreme esta vaina.

El alcalde no apartó la vista de la pantalla.

—No es negocio.

—Para mí no —dijo el propietario—. Pero en cambio para usted sería una mina. Es claro: a usted no le vendría el cura con el cuento de los toquecitos.

El alcalde reflexionó antes de responder.

—Me suena —dijo.

Pero no se dejó concretar. Subió los pies en la banca de delante y se perdió en los vericuetos de un drama enrevesado que a la postre, según pensó, no merecía cuatro campanadas.

Al salir del cine se demoró en el salón de billar, donde se jugaba a la lotería. Hacía calor y el radio transpiraba una música pedregosa. Después de tomarse una botella de agua mineral, el alcalde se fue a dormir.

Caminó despreocupadamente por la ribera, sintiendo en la oscuridad el río crecido, el rumor de sus entrañas y su olor de animal grande. Frente a la puerta del dormitorio se detuvo abruptamente. Dando un salto hacia atrás, desenfundó el revólver.

—Salga a la luz —dijo con voz tensa—, o lo quemo

Una voz muy dulce salió de la oscuridad.

—No sea nervioso, teniente.

Permaneció con el revólver montado hasta cuando la persona escondida salió a la luz. Era Casandra.

—Te escapaste por un pelo —dijo el alcalde.

La hizo subir al dormitorio. Durante un largo rato Casandra habló siguiendo una trayectoria accidentada. Se había sentado en la hamaca y mientras hablaba se quitó los zapatos y miró con un cierto candor las uñas de sus pies pintadas de rojo vivo.

Sentado frente a ella, abanicándose con la gorra, el alcalde siguió la conversación con una corrección convencional. Había vuelto a fumar. Cuando dieron las doce, ella se tendió bocabajo en la hamaca, extendió hacia él un brazo adornado con un juego de pulseras sonoras y le pellizcó la nariz.

—Es tarde, niño —dijo—. Apaga la luz.

El alcalde sonrió.

—No era para eso —dijo.

Ella no comprendió.

—¿Sabe echar la suerte? —preguntó el alcalde.

Casandra volvió a sentarse en la hamaca. «Desde luego», dijo. Y después, habiendo comprendido, se puso los zapatos.

—Pero no traje la baraja —dijo.

—El que come tierra —sonrió el alcalde— carga su terrón.

Sacó unos naipes gastados del fondo de la maleta. Ella examinó cada carta, al derecho y al revés, con una atención seria. «Los otros naipes son mejores», dijo. «Pero de todos modos, lo importante es la comunicación.» El alcalde rodó una mesita, se sentó frente a ella, y Casandra puso el naipe.

—¿Amor o negocios? —preguntó.

El alcalde se secó el sudor de las manos.

—Negocios —dijo.

106

Un burro sin dueño se protegió de la lluvia bajo el alero de la casa cural, y estuvo toda la noche dando coces contra la pared del dormitorio. Fue una noche sin sosiego. Después de haber logrado un sueño abrupto al amanecer, el padre Angel despertó con la impresión de estar cubierto de polvo. Los nardos dormidos bajo la llovizna, el olor del excusado y luego el interior lúgubre de la iglesia después de que se desvanecieron las campanadas de las cinco, todo parecía confabulado para hacer de aquella una madrugada difícil.

Desde la sacristía, donde se vistió para decir la misa, sintió a Trinidad haciendo su cosecha de ratones muertos, mientras entraban en la iglesia las mujeres sigilosas de los días ordinarios. Durante la misa advirtió con una progresiva exasperación las equivocaciones del acólito, su latín montaraz, y llegó al último instante con el sentimiento de frustración que lo atormentaba en las malas horas de su vida.

Se dirigía a desayunar cuando Trinidad le salió al paso con una expresión radiante. «Hoy cayeron seis más», dijo, haciendo sonar los ratones muertos dentro de la caja. El padre Angel trató de sobreponerse a la zozobra.

—Magnífico —dijo—. A este paso, sería cuestión de encontrar los nidos, para acabar de exterminarlos por completo.

Trinidad había encontrado los nidos. Explicó cómo había localizado los agujeros en distintos lugares del templo, especialmente en la torre y en el baptisterio, y cómo los había tapado con asfalto. Aquella mañana había encontrado un ratón enloquecido golpeándose contra las paredes después de haber buscado toda la noche la puerta de su casa.

Salieron al patiecito empedrado donde las primeras varas de nardo empezaban a enderezarse. Trinidad se demoró echando los ratones muertos en el excusado. Cuando entró al despacho, el padre Angel se disponía a desayunar, después de haber apartado el mantelillo bajo el cual aparecía todas las mañanas, como en una suerte de prestidigitación, el desayuno que le mandaba la viuda de Asis.

—Se me había olvidado que no he podido comprar el arsénico —dijo Trinidad al entrar—. Don Lalo Moscote dice que no puede venderse sin orden del médico.

—No será necesario —dijo el padre Angel—. Se morirán todos asfixiados en la cueva.

Acercó la silla a la mesa y empezó a disponer la taza, el plato con rebanadas de bollo limpio y la cafetera con un dragón japonés grabado, mientras Trinidad abría la ventana. «Siempre es mejor estar preparados por si vuelven», dijo ella. El padre Angel se sirvió el café y de pronto se detuvo y miró a Trinidad con su bata sin forma y sus botines de inválida, acercándose a la mesa.

—Te preocupas demasiado por eso —dijo.

El padre Angel no descubrió, ni entonces ni antes, ningún indicio de inquietud en la apretada maraña de las cejas de Trinidad. Sin poder reprimir un ligero temblor de los dedos, acabó de servirse el café, le echó dos cucharaditas de azúcar, y empezó a revolver la taza con la mirada fija en el crucifijo colgado en la pared.

—¿Desde cuándo no te confiesas?

—Desde el viernes —contestó Trinidad.

—Dime una cosa —dijo el padre Angel—. ¿Me has ocultado alguna vez algún pecado?

Trinidad negó con la cabeza.

El padre Angel cerró los ojos. De pronto dejó de revolver el café, puso la cucharita en el plato, y agarró a Trinidad por el brazo.

—Arrodíllate —dijo.

Desconcertada, Trinidad puso la caja de cartón en el suelo y se arrodilló frente a él. «Reza el Yo Pecador», dijo el padre Angel, habiendo conseguido para su voz el tono paternal del confesonario. Trinidad cerró los puños contra el pecho, rezando en un murmullo indescifrable, hasta cuando el padre le puso la mano en el hombro y dijo:

—Bueno.

—He dicho mentiras —dijo Trinidad:

—Qué más.

—He tenido malos pensamientos.

Era el orden de su confesión. Enumeraba siempre los mismos pecados de un modo general, y siempre en el mismo orden. Aquella vez, sin embargo, el padre Angel no pudo resistir a la urgencia de profundizar.

—Por ejemplo —dijo.

—No sé —vaciló Trinidad—. A veces se tienen malos pensamientos.

El padre Angel se enderezó.

—¿No se te ha pasado nunca por la cabeza la idea de quitarte la vida?

—Ave María Purísima —exclamó Trinidad sin levantar la cabeza, golpeando al mismo tiempo con los nudillos la pata de la mesa. Luego respondió—: No padre.

El padre Angel la obligó a levantar la cabeza, y advirtió, con un sentimiento de desolación, que los ojos de la muchacha empezaban a llenarse de lágrimas.

—Quiere decir que el arsénico es en verdad para los ratones.

—Sí, padre.

—Entonces, ¿por qué lloras?

Trinidad trató de bajar la cabeza, pero él le sostuvo el mentón con energía. Se soltó en lágrimas. El padre Angel las sintió correr como un vinagre tibio por entre sus dedos.

—Trata de serenarte —le dijo—. Todavía no has terminado tu confesión.

La dejó desahogarse en un llanto silencioso. Cuando sintió que había terminado de llorar, le dijo suavemente:

—Bueno, ahora cuéntame.

Trinidad se sopló la nariz con la falda, y tragó una saliva gruesa y salada de lágrimas. Al hablar de nuevo, había recobrado su rara voz baritonal.

—Mi tío Ambrosio me persigue —dijo.

—Cómo así.

—Quiere que lo deje pasar una noche en mi cama —dijo Trinidad.

—Sigue.

—No es nada más —dijo Trinidad—. Por Dios Santo que no es nada más.

—No jures —la amonestó el padre. Luego preguntó con su tranquila voz de confesor—: Dime una cosa: ¿con quién duermes?

—Con mi mamá y las otras —dijo Trinidad—. Siete en el mismo cuarto.

—¿Y él?

—En el otro cuarto, con los hombres —dijo Trinidad.

—¿Nunca ha pasado a tu cuarto?

Trinidad negó con la cabeza.

—Dime la verdad —insistió el padre Angel—. Anda, sin ningún temor: ¿nunca ha tratado de pasar a tu cuarto?

—Una vez.

—¿Cómo fue?

—No sé —dijo Trinidad—. Cuando desperté lo sentí metido dentro del toldo, quietecito, diciéndome que no quería hacerme nada, sino que quería dormir conmigo porque le tenía miedo a los gallos.

—¿A cuáles gallos?

—No sé —dijo Trinidad—. Eso fue lo que me dijo.

—¿Y tú qué le dijiste?

—Que si no se iba me ponía a gritar para que se despertara todo el mundo.

—¿Y qué hizo?

—Cástula despertó y me preguntó qué pasaba, y yo le dije que nada, que debía ser que estaba soñando, y entonces él se quedó quietecito, como un muerto, y casi no me di cuenta cuándo salió del toldo.

—Estaba vestido —dijo el padre de un modo afirmativo.

—Estaba como duerme —dijo Trinidad—; nada más que con los pantalones.

—No trató de tocarte.

—No, padre.

—Dime la verdad.

—Es cierto, padre —insistió Trinidad—. Por Dios Santo.

El padre Angel volvió a levantarle la cabeza, y se enfrentó a sus ojos humedecidos por un brillo triste.

—¿Por qué me lo habías ocultado?

—Me daba miedo.

—¿Miedo de qué?

—No sé, padre.

Le puso la mano en el hombro y la aconsejó largamente. Trinidad aprobaba con la cabeza. Cuando llegaron al final, empezó a rezar con ella, en voz muy baja: «Señor mío Jesucristo, Dios y Hombre verdadero...» Rezaba profundamente, con un cierto terror, haciendo en el curso de la oración un recuento mental de su vida, hasta donde se lo permitía la memoria. En el momento de dar la absolución había empezado a apoderarse de su espíritu un humor de desastre.

El alcalde empujó la puerta, gritando: «Juez». La mujer del juez Arcadio apareció en el dormitorio secándose las manos en la falda.

—Tiene dos noches de no venir —dijo.

—Maldita sea —dijo el alcalde—. Ayer no apareció por la oficina. Lo estuve buscando por todos lados para una cuestión urgente y nadie me da razón de él. ¿No tiene idea de dónde puede estar?

La mujer se encogió de hombros.

—Debe estar donde las putas.

El alcalde salió sin cerrar la puerta. Entró al salón de billar, donde el tocadiscos automático molía una canción sentimental a todo volumen, y fue directamente al compartimento del fondo, gritando: «Juez». Don Roque, el propietario, interrumpió la operación de envasar botellas de ron en una damajuana. «No está, teniente», gritó. El alcalde pasó al otro lado del cancel. Grupos de hombres jugaban a las cartas. Nadie había visto al juez Arcadio.

—Carajo —dijo el alcalde—. En este pueblo se sabe todo lo que hace todo el mundo, y ahora que necesito al juez nadie sabe dónde se mete.

—Pregúnteselo al que pone los pasquines —dijo

don Roque.

—No me jodan con los papelitos —dijo el alcalde.

Tampoco en su oficina estaba el juez Arcadio. Eran las nueve, pero ya el secretario del juzgado descabezaba un sueño en el corredor del patio. El alcalde fue al cuartel de la policía, hizo vestir a tres agentes y los mandó a buscar al juez Arcadio en el salón de baile y en los cuartos de tres mujeres clandestinas conocidas de todo el mundo. Luego salió a la calle sin seguir una dirección determinada. En la peluquería, despatarrado en la silla y con la cara envuelta en una toalla caliente, encontró al juez Arcadio.

—Maldita sea, juez —gritó, tengo dos días de estar buscándolo.

El peluquero retiró la toalla, y el alcalde vio unos ojos abotagados y el mentón en sombra por la barba de tres días.

—Usted perdido mientras su mujer está pariendo —dijo.

El juez Arcadio saltó de la silla.

—Mierda.

El alcalde rió ruidosamente, empujándolo hacia el espaldar. «No sea pendejo», dijo. «Lo estoy buscando para otra cosa.» El juez Arcadio volvió a estirarse con los ojos cerrados.

—Termine con eso y venga a la oficina —dijo el alcalde—. Lo espero.

Se sentó en el escaño.

—¿Dónde carajo estaba?

—Por ahí —dijo el juez.

El alcalde no frecuentaba la peluquería. Alguna vez había visto el letrero clavado en la pared: *Prohibido hablar de política,* pero le había parecido natural. Aquella vez, sin embargo, le llamó la atención.

—Guardiola —llamó.

El peluquero limpió la navaja en el pantalón y permaneció en suspenso.

—¿Qué pasa, teniente?

—¿Quién te autorizó para poner eso? —preguntó el alcalde, señalando el aviso.

—La experiencia —dijo el peluquero.

El alcalde rodó un taburete hasta el fondo del salón y se subió en él para desclavar el aviso.

—Aquí el único que tiene derecho a prohibir algo es el gobierno —dijo—. Estamos en una democracia.

El peluquero volvió al trabajo. «Nadie puede impedir que la gente exprese sus ideas», prosiguió el alcalde, rompiendo el cartón. Echó los pedazos en el canasto de la basura y fue al tocador a lavarse las manos.

—Ya ves, Guardiola —sentenció el juez Arcadio—, lo que te pasa por sapo.

El alcalde buscó al peluquero en el espejo y lo encontró absorto en su trabajo. No lo perdió de vista mientras se secaba las manos.

—La diferencia entre antes y ahora —dijo —es que antes mandaban los políticos y ahora manda el gobierno.

—Ya lo oíste, Guardiola —dijo el juez Arcadio con la cara embadurnada de espuma.

—Cómo no —dijo el peluquero.

Al salir, empujó al juez Arcadio hacia la oficina. Bajo la llovizna persistente las calles parecían pavimentadas en jabón fresco.

—Siempre he creído que ese es un nido de conspiradores —dijo el alcalde.

—Hablan —dijo el juez Arcadio—; pero de ahí no pasan.

—Lo que me da mala espina es precisamente eso —repuso el alcalde—: que parecen demasiado mansos.

—En la historia de la humanidad —sentenció el juez— no ha habido un solo peluquero conspirador. En cambio, no ha habido un solo sastre que no lo haya sido.

No soltó el brazo del juez Arcadio mientras no lo instaló en la silla giratoria. El secretario entró bostezando en la oficina, con una hoja de papel escrita a máquina. «Eso es —le dijo el alcalde—; vamos a trabajar». Se echó la gorra hacia atrás y tomó la hoja.

—¿Qué es esto?

—Es para el juez —dijo el secretario—. Es la lista de las personas a quienes no les han puesto pasquines.

El alcalde buscó al juez Arcadio con una expresión de perplejidad.

—¡Ah, carajo! —exclamó—. De manera que también usted está pendiente de esta vaina.

—Es como leer novelas policíacas —se excusó el juez.

El alcalde leyó la lista.

—Es un buen dato —explicó el secretario—: el autor tiene que ser alguno de esos. ¿No es lógico?

El juez Arcadio le quitó la hoja al alcalde. «Este es tonto del culo», dijo, dirigiéndose al alcalde. Luego habló al secretario: «Si yo pongo los pasquines, lo primero que hago es poner uno en mi propia casa para quitarme de encima cualquier sospecha». Y preguntó al alcalde:

—¿No cree usted, teniente?

—Son vainas de la gente —dijo el alcalde—, y ellos sabrán cómo se las componen. Nosotros no tenemos por qué sudar esa camisa.

El juez Arcadio rompió la hoja, hizo una bola y la arrojó al patio:

—Por supuesto.

Antes de la respuesta, ya el alcalde había olvidado el incidente. Apoyó la palma de las manos en el escritorio y dijo:

—Bueno, la vaina que quiero que consulte en sus libros es esta: debido a las inundaciones, la gente del barrio bajo transportó sus casas a los terrenos situados detrás del cementerio, que son de mi propiedad. ¿Qué tengo que hacer en este caso?

El juez Arcadio sonrió.

—Para eso no teníamos necesidad de venir a la oficina —dijo—. Es la cosa más sencilla del mundo: el municipio adjudica los terrenos a los colonos y paga la correspondiente indemnización a quien demuestre poseerlas a justo título.

—Tengo las escrituras —dijo el alcalde.

—Entonces no hay sino que nombrar peritos para que hagan el avalúo —dijo el juez—. El municipio paga.

—¿Quién los nombra?

—Puede nombrarlos usted mismo.

El alcalde caminó hacia la puerta ajustándose la funda del revólver. Viéndolo alejarse, el juez Arcadio pensó que la vida no es más que una continua sucesión de oportunidades para sobrevivir.

—No hay que ponerse nervioso por una cuestión tan simple —sonrió.

—No estoy nervioso —dijo el alcalde seriamente—; pero no deja de ser una vaina.

—Desde luego, tiene que nombrar antes al personero —intervino el secretario.

El alcalde se dirigió al juez.

—¿Es cierto?

—En estado de sitio no es absolutamente indispensable —dijo el juez—; pero, desde luego, la posición suya sería más limpia si interviniera un personero en el negocio, dada la casualidad de que usted es el dueño

116

de los terrenos en litigio.

—Entonces hay que nombrarlo —dijo el alcalde.

El señor Benjamín cambió el pie en la plataforma sin retirar la vista de los gallinazos que se disputaban una tripa en la mitad de la calle. Observó los movimientos difíciles de los animales, engolados y ceremoniosos como bailando una danza antigua, y admiró la fidelidad representativa de los hombres que se disfrazan de gallinazos el domingo de quincuagésima. El muchacho sentado a sus pies untó óxido de zinc en el otro zapato y golpeó de nuevo en la caja para ordenar un cambio de pie en la plataforma.

El señor Benjamín, que en otra época vivió de escribir memoriales, no se daba prisa para nada. El tiempo tenía una velocidad imperceptible dentro de esa tienda que él se había ido comiendo centavo a centavo, hasta reducirla a un galón de petróleo y un mazo de velas de sebo.

—Aunque llueva sigue haciendo calor —dijo el muchacho.

El señor Benjamín no estuvo de acuerdo. Vestía de lino intachable. El muchacho, en cambio, tenía la espalda empapada.

—El calor es una cuestión mental —dijo el señor Benjamín—. Todo consiste en no ponerle atención.

El muchacho no hizo comentarios. Dio otro golpe en la caja y un momento después el trabajo estaba concluido. En el interior de su lúgubre tienda de armarios desocupados, el señor Benjamín se puso el saco. Luego se puso un sombrero de paja tejida, atravesó la calle protegiéndose de la llovizna con el paraguas, y llamó a la ventana de la casa de enfrente. Por la por-

tezuela entreabierta asomó una muchacha de cabellos
de un negro intenso y la piel muy pálida.

—Buenos días, Mina —dijo el señor Benjamín—
¿Todavía no vas a almorzar?

Ella dijo que no y acabó de abrir la ventana. Estaba sentada frente a un cesto grande lleno de alambres
cortados y papeles de colores. Tenía en el regazo un
ovillo de hilo, unas tijeras y un ramo de flores artificiales sin terminar. Un disco cantaba en la ortofónica.

—Me haces el favor de echarle un ojo a la tienda
mientras vuelvo —dijo el señor Benjamín.

—¿Se demora?

El señor Benjamín estaba pendiente del disco.

—Voy hasta la dentistería —dijo—. Antes de media hora estoy aquí.

—Ah, bueno —dijo Mina—; la ciega no quiere que
me dilate en la ventana.

El señor Benjamín dejó de escuchar el disco. «Todas las canciones de ahora son la misma cosa», comentó. Mina levantó una flor terminada al extremo
de un largo tallo de alambre forrado en papel verde.
La hizo girar con los dedos, fascinada por la perfecta
correspondencia entre el disco y la flor.

—Usted es enemigo de la música —dijo.

Pero el señor Benjamín se había ido, caminando en
puntillas para no espantar a los gallinazos. Mina no
reanudó el trabajo mientras no lo vio llamar en la dentistería.

—A mi modo de ver —dijo el dentista, abriendo la
puerta— el camaleón tiene la sensibilidad en los ojos.

—Es posible —admitió el señor Benjamín—. ¿Pero esto a qué viene?

—Acabo de oír en el radio que los camaleones cie-
gos no cambian de color —dijo el dentista.

118

Después de colocar el paraguas abierto en el rincón, el señor Benjamín colgó de un mismo clavo el saco y el sombrero y ocupó la silla. El dentista batía en el mortero una pasta rosada.

—Se cuentan muchas cosas —dijo el señor Benjamín.

No sólo en ese instante, sino en cualquier circunstancia, hablaba con una inflexión misteriosa.

—¿Sobre los camaleones?

—Sobre todo el mundo.

El dentista se acercó a la silla con la pasta terminada para tomar la impresión. El señor Benjamín se quitó la desportillada dentadura postiza, la envolvió en un pañuelo y la puso en la repisa de vidrio junto a la silla. Sin dientes, con sus hombros estrechos y sus miembros escuálidos, tenía algo de santo. Después de ajustarle la pasta al paladar, el dentista le hizo cerrar la boca.

—Así es —dijo, mirándole a los ojos—. Soy un cobarde.

El señor Benjamín trató de alcanzar una inspiración profunda, pero el dentista le mantuvo la boca cerrada. «No», replicó interiormente. «No es eso». Sabía, como todo el mundo, que el dentista había sido el único sentenciado a muerte que no abandonó su casa. Le habían perforado las paredes a tiros, le habían puesto un plazo de 24 horas para salir del pueblo, pero no consiguieron quebrantarlo. Había trasladado el gabinete a una habitación interior, y trabajó con el revólver al alcance de la mano, sin perder los estribos, hasta cuando pasaron los largos meses de terror.

Mientras duró la operación, el dentista vio asomar varias veces a los ojos del señor Benjamín una misma respuesta expresada en diferentes grados de angustia.

Pero le mantuvo la boca cerrada, en espera de que secara la pasta. Luego desprendió la impresión.

—No me refería a eso —se desahogó el señor Benjamín—. Me refería a los pasquines.

—Ah —dijo el dentista—. De manera que tú también estás pendiente de eso.

—Es un síntoma de descomposición social —dijo el señor Benjamín.

Se había vuelto a poner la dentadura postiza, e iniciaba el meticuloso proceso de ponerse el saco.

—Es un síntoma de que todo se sabe, tarde o temprano —dijo el dentista con indiferencia. Miró el cielo turbio a través de la ventana, y propuso—: Si quieres, espérate a que escampe.

El señor Benjamín se colgó el paraguas en el brazo. «La tienda está sola», dijo, observando a su vez el nubarrón cargado de lloviznas. Se despidió con el sombrero.

—Y quítate esa idea de la cabeza, Aurelio —dijo desde la puerta—. Nadie tiene derecho a pensar que eres un cobarde porque le hayas sacado una muela al alcalde.

—En ese caso —dijo el dentista—, espérate un segundo.

Avanzó hasta la puerta y le dio al señor Benjamín una hoja doblada.

—Léela, y hazla circular.

El señor Benjamín no tuvo necesidad de desdoblar la hoja para saber de qué se trataba. Lo miró con la boca abierta.

—¿Otra vez?

El dentista afirmó con la cabeza, y permaneció en la puerta, hasta cuando el señor Benjamín salió.

A las doce su mujer lo llamó a almorzar. Angela,

su hija de 20 años, zurcía medias en el comedor amueblado de un modo simple y pobre, con cosas que parecían haber sido viejas desde su origen. Sobre el pasamanos de madera que daba hacia el patio, había una hilera de potes pintados de rojo con plantas medicinales.

—El pobre Benjamincito —dijo el dentista en el momento de ocupar su puesto en la mesa circular— está pendiente de los pasquines.

—Todo el mundo está pendiente —dijo su mujer.

—Las Tovar se van del pueblo —intervino Angela.

La madre recibió los platos para servir la sopa. «Están vendiendo todo a la carrera», dijo. Al aspirar el cálido aroma de la sopa, el dentista se sintió ajeno a las preocupaciones de su mujer.

—Volverán —dijo—. La vergüenza tiene mala memoria.

Soplando en la cuchara antes de tomar la sopa, esperó el comentario de su hija, una muchacha de aspecto un poco árido, como él, cuya mirada exhalaba sin embargo una una rara vivacidad. Pero ella no respondió a su espera. Habló del circo. Dijo que había un hombre que cortaba a su mujer por la mitad con un serrucho, un enano que cantaba con la cabeza metida en la boca de un león y un trapecista que hacía el triple salto mortal sobre una plataforma de cuchillos. El dentista la escuchó, comiendo en silencio. Al final prometió que esa noche, si no llovía, irían todos al circo.

En el dormitorio, mientras colgaba la hamaca para la siesta, comprendió que la promesa no había cambiado el humor de su mujer. También ella estaba dispuesta a abandonar el pueblo si les ponían un pasquín.

El dentista la escuchó sin sorpresa. «Sería gracioso —dijo— que no hubieran podido sacarnos a bala y nos sacaran con un papel pegado en la puerta». Se quitó los zapatos y se metió en la hamaca con las medias puestas, tranquilizándola:

—Pero no te preocupes, que no hay el menor peligro de que lo pongan.

—No respetan a nadie —dijo la mujer.

—Depende —dijo el dentista—; conmigo saben que la cosa es a otro precio.

La mujer se extendió en la cama con un aire de infinito cansancio.

—Si por lo menos supieras quién los pone.

—El que los pone lo sabe —dijo el dentista.

El alcalde solía pasar días enteros sin comer. Simplemente lo olvidaba. Su actividad, febril en ocasiones, era tan irregular como las prolongadas épocas de ocio y aburrimiento en que vagaba por el pueblo sin propósito alguno, o se encerraba en la oficina blindada, inconsciente del transcurso del tiempo. Siempre solo, siempre un poco al garete, no tenía una afición especial, ni recordaba una época pautada por costumbres regulares. Sólo impulsado por un apremio irresistible aparecía en el hotel a cualquier hora y comía lo que le sirvieran.

Aquel día almorzó con el juez Arcadio. Siguieron juntos toda la tarde, hasta cuando estuvo legalizada la venta de los terrenos. Los peritos cumplieron con su deber. El personero, nombrado con carácter de interinidad, desempeñó su cargo durante dos horas. Poco después de las cuatro, al entrar al salón de billar, ambos parecían venir de regreso de una penosa incursión por el porvenir.

—Así que hemos terminado —dijo el alcalde, sacu-

122

diéndose la palma de las manos.

El juez Arcadio no le puso atención. El alcalde lo vio buscando a ciegas un banquillo en el mostrador, y le dio un analgésico.

—Un vaso de agua —ordenó a don Roque.

—Una cerveza helada —corrigió el juez Arcadio, con la frente apoyada en el mostrador.

—O una cerveza helada —rectificó el alcalde, poniendo el dinero sobre el mostrador—. Se la ganó trabajando como un hombre.

Después de tomar la cerveza, el juez Arcadio se frotó el cuero cabelludo con los dedos. El establecimiento se agitaba en un aire de fiesta, esperando el desfile del circo.

El alcalde lo vio desde el salón de billar. Sacudida por los cobres y latas de la banda, pasó primero una muchacha con un traje plateado, sobre un elefante enano de orejas como hojas de malanga. Detrás pasaron los payasos y los trapecistas. Había escampado por completo y los últimos soles empezaban a calentar la tarde lavada. Cuando cesó la música para que el hombre de los zancos leyera el anuncio, el pueblo entero pareció elevarse de la tierra en un silencio de milagro.

El padre Angel, que vio el desfile desde su despacho, llevó el ritmo de la música con la cabeza. Aquel bienestar rescatado de la infancia lo acompañó durante la comida y luego en la prima noche, hasta cuando terminó de controlar el ingreso al cine y se encontró de nuevo consigo mismo en el dormitorio. Después de rezar, permaneció en un éxtasis quejumbroso en la mecedora de mimbre, sin darse cuenta de cuándo dieron las nueve ni de cuándo se apagó el parlante del cine y quedó en su lugar la nota de un sapo. De allí fue a la mesa de trabajo a escribir un llamado al alcalde.

En uno de los puestos de honor del circo, que había ocupado a instancias del empresario, el alcalde presenció el número inicial de los trapecios y una salida de los payasos. Luego apareció Casandra, vestida de terciopelo negro y con los ojos vendados, ofreciéndose para adivinar el pensamiento de los asistentes. El alcalde huyó. Hizo una ronda de rutina por el pueblo y a las diez fue al cuartel de la policía. Allí lo esperaba, en papel de esquela y con una letra muy compuesta, el llamado del padre Angel. Le alarmó el formalismo de la solicitud.

El padre Angel empezaba a desvestirse cuando el alcalde llamó a la puerta. «Caramba», dijo el párroco. «No lo esperaba tan pronto». El alcalde se descubrió antes de entrar.

—Me gusta contestar las cartas —sonrió.

Lanzó la gorra, haciéndola girar como un disco, en la mecedora de mimbre. Bajo el tinajero había varias botellas de gaseosa puestas a refrescar en el agua del lebrillo. El padre Angel retiró una.

—¿Se toma una limonada?

El alcalde aceptó.

—Lo he molestado —dijo el párroco, yendo directamente a sus propósitos —para manifestarle mi preocupación por su indiferencia ante los pasquines.

Lo dijo de un modo que habría podido interpretarse como una broma, pero el alcalde lo entendió al pie de la letra. Se preguntó, perplejo, cómo la preocupación por los pasquines había podido arrastrar al padre Angel hasta ese punto.

—Es extraño, padre, que también usted esté pendiente de eso.

El padre Angel registraba las gavetas de la mesa en busca del destapador. .

—No son los pasquines en sí mismos lo que me preocupa —dijo un poco ofuscado, sin saber qué hacer con la botella—. Lo que me preocupa es, digámoslo así, un cierto estado de injusticia que hay en todo esto.

El alcalde le quitó la botella y la destapó en la herradura de su bota, con una habilidad de la mano izquierda que llamó la atención del padre Angel. Lamió en el cuello de la botella la espuma desbordada.

—Hay una vida privada —inició, sin conseguir una conclusión—. En serio, padre, no veo qué podría hacerse.

El padre se instaló en la mesa de trabajo. «Debía saberlo», dijo. «Al fin y al cabo no es nada nuevo para usted». Recorrió la habitación con una mirada imprecisa y dijo en otro tono:

—Sería cuestión de hacer algo antes del domingo.

—Hoy es jueves —precisó el alcalde.

—Me doy cuenta del tiempo —replicó el padre. Y agregó, con un recóndito impulso—. Pero tal vez no sea demasiado tarde para que usted cumpla con su deber.

El alcalde trató de torcerle el cuello a la botella. El padre Angel lo vio pasearse de un extremo a otro del cuarto, aplomado y esbelto, sin ningún signo de madurez física, y experimentó un definido sentimiento de inferioridad.

—Como usted ve —reafirmó— no se trata de nada excepcional.

Dieron las once en la torre. El alcalde esperó hasta cuando se disolvió la última resonancia y entonces se inclinó frente al padre, con las manos apoyadas en la mesa. Su rostro tenía la misma ansiedad reprimida que había de revelar la voz.

—Mire una cosa, padre —comenzó—: el pueblo está

125

tranquilo, la gente empieza a tener confianza en la autoridad. Cualquier manifestación de fuerza en estos momentos sería un riesgo demasiado grande para una cosa sin mayor importancia.

El padre Ángel aprobó con la cabeza. Trató de explicarse:

—Me refiero, de un modo general, a ciertas medidas de autoridad.

—En todo caso —prosiguió el alcalde sin cambiar de actitud—, yo tomo en cuenta las circunstancias. Usted lo sabe: ahí tengo seis agentes encerrados en el cuartel, ganando sueldo sin hacer nada. No he conseguido que los cambien.

—Ya lo se —dijo el padre Ángel—. No lo culpo de nada.

—En la actualidad —el alcalde proseguía con vehemencia sin ocuparse de las interrupciones— para nadie es un secreto que tres de ellos son criminales comunes, sacados de las cárceles y disfrazados de policías. Como están las cosas, no voy a correr el riesgo de echarlos a la calle a cazar un fantasma.

El padre Ángel se abrió de brazos.

—Claro, claro —reconoció con decisión—. Eso, desde luego, está fuera de todo cálculo. ¿Pero por qué no recurre, por ejemplo, a los buenos ciudadanos?

El alcalde se estiró, bebiendo de la botella a sorbos desganados. Tenía el pecho y la espalda empapados de sudor. Dijo:

—Los buenos ciudadanos, como usted dice, están muertos de risa de los pasquines.

—No todos.

—Además, no es justo alarmar a la gente por una cosa que al fin y al cabo no vale la pena. Francamente, padre —concluyó de buen humor— hasta esta noche

126

no se me había ocurrido pensar que usted y yo tuviéramos algo que ver con esa vaina.

El padre Ángel asumió una actitud maternal. «Hasta cierto punto, sí», replicó, iniciando una laboriosa justificación, en la que ya se encontraban párrafos maduros del sermón que había empezado a ordenar mentalmente desde el día anterior en el almuerzo de la viuda de Asís.

—Se trata, si así puede decirse —culminó—, de un caso de terrorismo en el orden moral.

El alcalde sonrió con franqueza. «Bueno, bueno», casi lo interrumpió. «Tampoco es para meterle filosofía a los papelitos, padre». Abandonando en la mesa la botella sin terminar, transigió de su mejor talante:

—Si usted me pone las cosas de ese tamaño, habrá que ver qué se hace.

El padre Ángel se lo agradeció. No era nada grato, según reveló, subir al púlpito el domingo con una preocupación como aquella. El alcalde había tratado de comprenderlo. Pero se daba cuenta de que era demasiado tarde y estaba haciendo trasnochar al párroco.

El redoblante reapareció como un espectro del pasado. Estalló frente al salón de billar, a las diez de la mañana, y sostuvo al pueblo en equilibrio en su puro centro de gravedad, hasta cuando se batieron las tres advertencias enérgicas del final y se restableció la zozobra.

—¡La muerte! —exclamó la viuda de Montiel, viendo abrirse puertas y ventanas y surgir la gente de todas partes hacia la plaza—. ¡Ha llegado la muerte!

Repuesta de la impresión inicial, abrió las cortinas del balcón y observó el tumulto en torno al agente de la policía que se disponía a leer el bando. Había en la plaza un silencio demasiado grande para la voz del pregonero. A pesar de la atención con que trató de escuchar, poniéndose la mano en pantalla detrás de la oreja, la viuda de Montiel sólo logró entender dos palabras.

Nadie pudo darle razón en la casa. El bando había sido leído con el mismo ritual autoritario de siempre, un nuevo orden reinaba en el mundo y ella no encontraba nadie que lo hubiera entendido. La cocinera se alarmó de su palidez.

—¿Qué era el bando?

—Eso es lo que estoy tratando de averiguar, pero nadie sabe nada. Por supuesto —añadió la viuda—, desde que el mundo es mundo el bando no ha traído nunca nada bueno.

Entonces la cocinera salió a la calle y regresó con los pormenores. A partir de esa noche, y hasta cuando

128

cesaran las causas que lo motivaron, se restablecía el toque de queda. Nadie podría salir a la calle después de las ocho, y hasta las cinco de la mañana, sin un salvoconducto firmado y sellado por el alcalde. La policía tenía orden de dar tres veces la voz de alto a toda persona que encontrara en la calle y si no era obedecida tenía orden de disparar. El alcalde organizaría rondas de civiles, designados por él mismo para colaborar con la policía en la vigilancia nocturna.

Mordisqueándose las uñas, la viuda de Montiel preguntó cuáles eran las causas de la medida.

—No lo escribieron en el bando —contestó la cocinera—, pero todo el mundo lo dice: los pasquines.

—El corazón me lo había dicho —exclamó la viuda aterrorizada—. La muerte está cebada en este pueblo.

Hizo llamar al señor Carmíchael. Obedeciendo a una fuerza más antigua y madura que un impulso, ordenó sacar del depósito y llevar al dormitorio el baúl de cuero con clavos de cobre que compró José Montiel para su único viaje, un año antes de morir. Sacó del armario unos pocos trajes, ropa interior y zapatos, y ordenó todo en el fondo. Al hacerlo, empezaba a experimentar la sensación de absoluto reposo con que tantas veces había soñado, imaginándose lejos de ese pueblo y esa casa, en un cuarto con un fogón y una terracita con cajones para cultivar orégano, donde sólo ella tuviera derecho de acordarse de José Montiel, y fuera su única preocupación esperar la tarde de los lunes para leer las cartas de sus hijas.

Había guardado apenas la ropa indispensable; el estuche de cuero con las tijeras, el esparadrapo y el frasquito de yodo y las cosas de coser y luego la caja de zapatos con el rosario y los libros de oraciones, y ya la

129

atormentaba la idea de que llevaba más cosas de las que Dios le podía perdonar. Entonces metió el San Rafael de yeso en una media, lo ajustó cuidadosamente entre sus trapos y echó llave al baúl.

Cuando llegó el señor Carmichael la encontró con sus ropas más modestas. Aquel día, como un signo promisorio, èl señor Carmichael no llevaba el paraguas. Pero la viuda no lo advirtió. Sacó del bolsillo todas las llaves de la casa, cada una con el indicativo escrito a máquina en un cartoncito, y se las entregó diciendo:

—Pongo en sus manos el pecaminoso mundo de José Montiel. Haga con él lo que le dé la gana.

El señor Carmichael había temido ese instante desde hacía mucho tiempo.

—Quiere decir —tanteó—, que usted desea irse para alguna parte mientras pasan estas cosas.

La viuda replicó con una voz reposada pero de un modo rotundo:

—Me voy para siempre.

El señor Carmichael, sin demostrar su alarma, le hizo una síntesis de la situación. La herencia de José Montiel no había sido liquidada. Muchos de los bienes adquiridos de cualquier manera y sin tiempo para cumplir formalidades, se encontraban en una situación legal indefinida. Mientras no se pusiera orden en aquella fortuna caótica de la cual el propio José Montiel no tuvo en sus últimos años una noción aproximada, era imposible liquidar la sucesión. El hijo mayor, en su puesto consular de Alemania, y sus dos hijas, fascinadas por los delirantes mercados de carne de París, tenían que regresar o nombrar apoderados para hacer valer sus derechos. Antes, nada podía venderse.

La momentánea iluminación de aquel laberinto, donde estaba perdida desde hacía dos años, no consiguió esta vez conmover a la viuda de Montiel.

—No importa —insistió—. Mis hijos son felices en Europa y no tienen nada que hacer en este país de salvajes, como ellos dicen. Si usted quiere, señor Carmichael, haga un solo rollo con todo lo que encuentre en esta casa y écheselo a los puercos.

El señor Carmichael no la contrarió. Con el pretexto de que, de todos modos, había que preparar algunas cosas para el viaje, salió en busca del médico.

—Ahora vamos a ver, Guardiola, en qué consiste tu patriotismo.

El peluquero y el grupo de hombres que conversaba en la peluquería, reconocieron al alcalde antes de verlo en la puerta. «Y también el de ustedes», prosiguió señalando a los dos más jóvenes. «Esta noche tendrán el fusil que tanto han deseado, a ver si son tan desgraciados que lo voltean contra nosotros.» Era imposible confundir el tono cordial de sus palabras.

—Mas bien una escoba —replicó el peluquero—. Para cazar brujas, no hay mejor fusil que una escoba.

Ni siquiera lo miró. Estaba afeitando la nuca del primer cliente de la mañana, y no tomaba en serio al alcalde. Sólo cuando lo vio averiguando quiénes del grupo eran reservistas y estaban por tanto en capacidad de operar un fusil, comprendió el peluquero que en efecto era uno de los escogidos.

—¿Es cierto, teniente, que nos va a poner en esa vaina? —preguntó.

—Ah carajo —contestó el alcalde—. Se pasan la vida cuchicheando por un fusil y ahora que lo tienen no pueden creerlo.

Se paró detrás del peluquero, desde donde podía

dominar en el espejo a todo el grupo. «En serio», dijo, cambiando a un tono autoritario. «Esta tarde, a las seis, los reservistas de primera clase se presentan en el cuartel». El peluquero lo enfrentó desde el espejo.

—¿Y si me da una pulmonía? —preguntó.

—Te la curamos en la cárcel —respondió el alcalde.

El tocadiscos del salón de billar destorcía un bolero sentimental. El salón estaba vacío, pero en algunas mesas había botellas y vasos a medio consumir.

—Ahora sí —dijo don Roque, viendo entrar al alcalde— se acabó de componer esta vaina. Hay que cerrar a las siete.

El alcalde siguió directamente hasta el fondo del salón, donde también las mesitas de jugar a las cartas estaban desocupadas. Abrió la puerta del orinal, echó una mirada en el depósito, y luego regresó al mostrador. Pasando junto a la mesa de billar, levantó inesperadamente el paño que la cubría, diciendo:

—Bueno, dejen de ser pendejos.

Dos muchachos salieron de debajo de la mesa, sacudiéndose el polvo de los pantalones. Uno de ellos estaba pálido. El otro, más joven, tenía las orejas encendidas. El alcalde los empujó suavemente hacia las mesitas de la entrada.

—Entonces ya saben —les dijo—: a las seis de la tarde en el cuartel.

Don Roque seguía detrás del mostrador.

—Con esta vaina— dijo— habrá que dedicarse al contrabando.

—Es por dos o tres días —dijo el alcalde.

El propietario del salón de cine lo alcanzó en la esquina. «Esto era lo último que me faltaba», gritó. «Después de los doce toques de campanas, un toque de corneta». El alcalde le dio una palmadita en el hombro y trató de pasar de largo.

—Voy a expropiarlo —dijo.

—No puede —replicó el propietario—. El cine no es un servicio público.

—En estado de sitio —dijo el alcalde— hasta el cine se puede declarar servicio público.

Sólo entonces dejó de sonreir. Saltó de dos en dos los escalones del cuartel y al llegar al primer piso se abrió de brazos y volvió a reir.

—¡Mierda! —exclamó— ¿Usted también?

Derrumbado en una silla plegadiza, con la negligencia de un monarca oriental, estaba el empresario del circo. Fumaba extasiado en una pipa de lobo de mar. Como si fuera él quien se encontrara en casa propia, hizo al alcalde una seña para que se sentara:

—Vamos a hablar de negocios, teniente.

El alcalde rodó un asiento y se sentó frente a él. Sosteniendo la pipa con la mano empedrada de colores, el empresario le hizo un signo enigmático.

—¿Se puede hablar con absoluta franqueza?

El alcalde le hizo una seña de que podía.

—Lo supe desde cuando le vi afeitándose —dijo el empresario—. Pues bien: yo que estoy acostumbrado a conocer a la gente, sé que ese toque de queda, para usted...

El alcalde lo examinaba con un definido propósito de entretenimiento.

—...en cambio para mí, que ya tengo hechos los gastos de instalación y debo alimentar a 17 personas y 9 fieras, es simplemente el desastre.

—¿Y entonces?

—Propongo —respondió el empresario —que ponga el toque de queda a las once y repartamos entre los dos las ganancias de la función nocturna.

133

El alcalde siguió sonriendo sin cambiar de posición en la silla.

—Supongo —dijo— que no le costó mucho trabajo encontrar en el pueblo quien le dijera que soy un ladrón.

—Es un negocio legítimo —protestó el empresario.

No se dio cuenta en qué momento asumió el alcalde una expresión grave.

—Hablamos el lunes —dijo el teniente de un modo impreciso.

—El lunes tendré empeñado el pellejo —replicó el empresario—. Somos muy pobres.

El alcalde lo llevó hacia la escalera con palmaditas suaves en la espalda. «No me lo cuente a mí», dijo. «Conozco el negocio». Ya junto a la escalera, dijo en un tono consolador:

—Mándeme a Casandra esta noche.

El empresario trató de volverse, pero la mano en su espalda ejercía una presión decidida.

—Por supuesto —dijo—. Eso se da por descontado.

—Mándemela —insistió el alcalde—, y hablaremos mañana.

El señor Benjamín empujó con la punta de los dedos la puerta alambrada, pero no entró en la casa. Exclamó con una secreta exasperación:

—Las ventanas, Nora.

Nora de Jacob —madura y grande— con el cabello cortado como el de un hombre, yacía frente al ventilador eléctrico en la sala en penumbra. Esperaba al señor Benjamín para almorzar. Al oír la llamada, se incorporó trabajosamente y abrió las cuatro ventanas sobre la calle. Un chorro de calor entró en la sala de baldosas con un mismo pavo real anguloso, indefinidamente repetido, y muebles forrados con telas de flores. En cada detalle se observaba un lujo pobre.

—¿Qué hay de cierto —preguntó— en lo que dice la gente?

—Se dicen tantas cosas.

—Sobre la viuda de Montiel —precisa Nora de Jacob—. Andan diciendo que se volvió loca.

—Para mí que está loca desde hace mucho tiempo— dijo el señor Benjamín. Y agregó con un cierto desencanto—: Así es: esta mañana trató de tirarse por el balcón.

La mesa, enteramente visible desde la calle, estaba preparada con un servicio en cada extremo. «Castigo de Dios», dijo Nora de Jacob batiendo palmas para que sirvieran el almuerzo. Llevó el ventilador eléctrico al comedor.

—La casa está llena de gente desde esta mañana —dijo el señor Benjamín.

—Es una buena oportunidad de verla por dentro— replicó Nora de Jacob.

Una niña negra, con la cabeza llena de nudos colorados, llevó a la mesa la sopa hirviendo. El olor del pollo invadió el comedor y la temperatura se hizo intolerable. El señor Benjamín se ajustó la servilleta al cuello, diciendo: «Salud». Trató de tomar con la cuchara ardiente.

—Sóplala y no seas necio —dijo ella, impaciente—. Además tienes que quitarte el saco. Tus escrúpulos de no entrar a la casa con las ventanas cerradas nos van a matar de calor.

—Ahora es más indispensable que nunca —dijo él—. Nadie podrá decir que no ha visto desde la calle todos mis movimientos cuando estoy en tu casa.

Ella descubrió su espléndida sonrisa ortopédica, con una encía de lacre para sellar documentos. «No seas ridículo», exclamó. «Por mí pueden decir lo que quieran». Cuando pudo tomar la sopa, siguió hablando en las pausas:

—Podría preocuparme, eso sí, lo que dijeran de Mónica —concluyó, refiriéndose a su hija de 15 años que no había venido de vacaciones desde cuando se fue por primera vez al colegio—. Pero de mí no pueden decir más de lo que ya sabe todo el mundo.

El señor Benjamín no le dirigió esta vez su habitual mirada de desaprobación. Tomaban la sopa en silencio, separados por los dos metros de la mesa, la distancia más corta que él hubiera querido permitirse jamás, sobre todo en público. Cuando ella estaba en el colegio, veinte años antes, él le escribía unas cartas largas y convencionales que ella contestaba con papelitos apasionados. En unas vacaciones, durante un paseo campestre, Néstor Jacob, completamente borracho, la arrastró por el cabello a un extremo del corral y se le declaró sin alternativas: «Si no te casas conmigo te pego un tiro». Se casaron al final de las vacaciones. Diez años después se habían separado.

—De todos modos —dijo el señor Benjamín— no hay que estimular con puertas cerradas la imaginación de la gente.

Se puso en pie al terminar el café. «Me voy», dijo. «Mina debe estar desesperada». Desde la puerta, poniéndose el sombrero, exclamó:

—Esta casa está ardiendo.

—Te lo estoy diciendo —dijo ella.

Esperó hasta cuando lo vio despedirse, con una especie de bendición, desde la última ventana. Luego llevó el ventilador al dormitorio, cerró la puerta y se desvistió por completo. Por último, como todos los días después del almuerzo, fue al baño contiguo y se sentó en el inodoro, sola con su secreto.

Cuatro veces por día veía pasar a Néstor Jacob frente a la casa. Todo el mundo sabía que estaba instalado con otra mujer, que tenía cuatro hijos con ella y que se le consideraba como un padre ejemplar. Varias veces, en los últimos años, había pasado con los niños frente a la casa, pero nunca con la mujer. Ella lo había visto enflaquecer, hacerse viejo y pálido, y convertirse en un extraño cuya intimidad de otro tiempo le resultaba inconcebible. A veces, durante las siestas solitarias, había vuelto a desearlo de un modo apremiante: no como lo veía pasar frente a la casa, sino como era en la época que precedió al nacimiento de Mónica, cuando todavía su amor breve y convencional no se le había hecho intolerable.

El juez Arcadio durmió hasta el mediodía. Así que no tuvo noticia del bando sino al llegar a la oficina. Su secretario, en cambio, estaba alarmado desde las ocho, cuando el alcalde le pidió que redactara el decreto.

—De todos modos —reflexionó el juez Arcadio después de enterarse de los pormenores— está concebido en términos drásticos. No era necesario.

—Es el mismo decreto de siempre.

—Así es —admitió el juez—. Pero las cosas han cambiado, y es preciso que cambien también los términos. La gente debe estar asustada.

Sin embargo, según lo comprobó más tarde jugando a las cartas en el salón de billar, el temor no era el sentimiento predominante. Había más bien una sensación de victoria colectiva por la confirmación de lo que estaba en la conciencia de todos: las cosas no habían cambiado. El juez Arcadio no pudo eludir al alcalde cuando abandonaba el salón de billar.

—Así que los pasquines no valían la pena —le dijo—. La gente está feliz.

El alcalde lo tomó del brazo. «No se está haciendo nada contra la gente», dijo. «Es una cuestión de rutina». El juez Arcadio se desesperaba con aquellas conversaciones ambulantes. El alcalde marchaba con paso resuelto, como si anduviera en diligencias urgentes, y después de mucho andar se daba cuenta de que no iba para ninguna parte.

—Esto no va a durar toda la vida —prosiguió—. De aquí al domingo tendremos en la jaula al gracioso de los papelitos. No sé por qué se me pone que es una mujer.

El juez Arcadio no lo creía. A pesar de la negligencia con que asimilaba las informaciones de su secretario, había llegado a una conclusión general: los pasquines no eran obra de una sola persona. No parecían obedecer a un plan concertado. Algunos, en los últimos días, presentaban una nueva modalidad: eran dibujos.

—Puede que no sea un hombre ni una mujer —concluyó el juez Arcadio—. Puede que sean distintos hombres y distintas mujeres, actuando cada uno por su cuenta.

—No me complique las cosas, juez —dijo el alcalde—. Usted debía saber que en toda vaina, aunque intervengan muchas personas, hay siempre un culpable.

—Eso lo dijo Aristóteles, teniente —replicó el juez Arcadio. Y agregó convencido—: De todos modos, la medida me parece disparatada. Simplemente, quienes los ponen esperarán hasta que pase el toque de queda.

—No importa —dijo el alcalde— al fin y al cabo hay que preservar el principio de autoridad.

Los reclutas habían empezado a concentrarse en el cuartel. El pequeño patio de altos muros de concreto, jaspeados de sangre seca y con impactos de proyectiles, recordaba los tiempos en que no era suficiente la capacidad de las celdas y se ponían los presos a la intemperie. Aquella tarde, los agentes desarmados vagaban en calzoncillos por los corredores.

—Rovira —gritó el alcalde desde la puerta—. Tráigales algo de beber a estos muchachos.

El agente empezó a vestirse.

—¿Ron? —preguntó.

—No seas bruto —gritó el alcalde, de paso hacia la oficina blindada—. Algo helado.

Los reclutas fumaban sentados en torno al patio. El juez Arcadio los observó desde la baranda del segundo piso.

—¿Son voluntarios?

—Imagínese —dijo el alcalde—. Tuve que sacarlos de debajo de las camas, como si fueran para el cuartel.

El juez no encontró una sola cara desconocida.

—Pues parecen reclutados por la oposición —dijo.

Las pesadas puertas de acero de la oficina exhalaron al abrirse un aliento helado. «Quiere decir que son buenos para la pelea», sonrió el alcalde, después de encender las luces de la fortaleza privada. En un extremo había un catre de campaña, una jarra de cristal con un vaso sobre un asiento, y una bacinilla debajo del catre. Recostados contra las desnudas paredes de concreto había fusiles y ametralladoras de mano. La pieza no tenía más ventilación que las estrechas y altas claraboyas desde donde se dominaba el puerto y las dos calles principales. En el otro extremo estaba el escritorio junto a la caja fuerte.

El alcalde operó la combinación.

—Y eso no es nada —dijo—; a todos les voy a dar fusiles.

Detrás de ellos entró el agente. El alcalde le dio varios billetes, diciendo: «Traiga también dos paquetes de cigarrillos para cada uno». Cuando volvieron a estar solos, se dirigió de nuevo al juez Arcadio.

—¿Cómo le parece la vaina?

El juez respondió pensativo:

—Un riesgo inútil.

—La gente se quedará con la boca abierta —dijo el alcalde—. Me parece, además, que estos pobres muchachos no sabrán qué hacer con los fusiles.

—Tal vez estén desconcertados —admitió el juez—, pero eso dura poco.

Hizo un esfuerzo para reprimir la sensación de vacío en el estómago. «Tenga cuidado, teniente», reflexionó. «No sea que lo eche todo a perder». El alcalde lo sacó de la oficina con un gesto enigmático.

—No sea pendejo, juez —le sopló al oído—. Sólo tendrán cartuchos de fogueo.

Cuando bajaron al patio las luces estaban encendidas. Los reclutas tomaban gaseosas bajo las sucias bombillas eléctricas contra las cuales se estrellaban los moscardones. Paseándose de un extremo al otro del patio, donde permanecían algunos pozos de lluvia estancada, el alcalde les explicó con un tono paternal, en qué consistía su misión de esa noche: serían apostados en parejas en las principales esquinas con orden de disparar contra cualquier persona, hombre o mujer, que desobedeciera las tres voces de alto. Les recomendó valor y prudencia. Después de la media noche se les llevaría de comer. El alcalde esperaba, con el favor de Dios, que todo transcurriera sin contratiempos, y que el pueblo supiera apreciar aquel esfuerzo de las autoridades en favor de la paz social.

El padre Ángel se levantaba de la mesa cuando empezaron a sonar las ocho en la torre. Apagó la luz del patio, pasó el cerrojo, e hizo la señal de la cruz sobre el breviario: «En el nombre de Dios». En un patio remoto cantó un alcaraván. Dormitando al fresco del corredor junto a las jaulas tapadas con trapos oscuros, la viuda de Asís oyó la segunda campanada, y sin abrir los ojos preguntó: «¿Ya entró Roberto?». Una sirvienta acurrucada contra el quicio contestó que estaba acostado desde las siete. Un poco antes, Nora de Jacob había bajado el volumen del radio y se extasiaba en una música tenue que parecía venir de un lugar confortable y limpio. Una voz demasiado distante para parecer real gritó un nombre en el horizonte, y empezaron a ladrar los perros.

El dentista no había acabado de escuchar las noticias. Recordando que Angela descifraba un crucigrama bajo el bombillo del patio, le ordenó sin mirarla: «Cierra el portón y vete a terminar eso en el cuarto». Su mujer despertó sobresaltada.

Roberto Asís, que en efecto se había acostado a las siete, se levantó para mirar la plaza por la ventana entreabierta, y sólo vio los almendros oscuros y la última luz que se apagaba en el balcón de la viuda de Montiel. Su esposa encendió el velador y con un susurro ahogado lo obligó a acostarse. Un perro solitario siguió ladrando hasta después de la quinta campanada.

En la calurosa recámara atiborrada de latas vacías

y frascos polvorientos, don Lalo Moscote roncaba con el periódico extendido sobre el abdomen y los anteojos en la frente. Su esposa paralítica, estremecida por el recuerdo de otras noches como aquella, espantaba mosquitos con un trapo mientras contaba la hora mentalmente. Después de los gritos distantes, del ladrido de los perros y las carreras sigilosas, empezaba el silencio.

—Fíjate que haya coramina —recomendaba el doctor Giraldo a su esposa que metía drogas de urgencia en el maletín antes de acostarse. Ambos pensaban en la viuda de Montiel, rígida como un muerto bajo la última carga del luminal. Sólo don Sabas, después de una larga conversación con el señor Carmichael, había perdido el sentido del tiempo. Estaba aún en la oficina pesando en la balanza el desayuno del día siguiente, cuando sonó la séptima campanada y su mujer salió del dormitorio con el cabello alborotado. El río se detuvo. «En una noche como ésta», murmuró alguien en la oscuridad, en el instante en que sonó la octava campanada, profunda, irrevocable, y algo que había empezado a chisporrotear quince segundos antes se extinguió por completo.

El doctor Giraldo cerró el libro hasta que acabó de vibrar el clarín del toque de queda. Su esposa puso el maletín en la mesa de noche, se acostó con la cara hacia la pared y apagó su lámpara. El médico abrió el libro pero no leyó. Ambos respiraban pausadamente, solos en un pueblo que el silencio desmesurado había reducido a las dimensiones de la alcoba.

—¿En qué piensas?

—En nada —contestó el médico.

No se concentró más hasta las once, cuando volvió a la misma página en que se encontraba cuando empe-

142

zaron a dar las ocho. Dobló la esquina de la hoja y puso el libro en la mesita. Su esposa dormía. En otro tiempo, ambos velaban hasta el amanecer, tratando de precisar el lugar y las circunstancias de los disparos. Varias veces el ruido de las botas y las armas llegó hasta la puerta de su casa y ambos esperaron sentados en la cama la granizada de plomo que había de desbaratar la puerta. Muchas noches, cuando ya habían aprendido a distinguir los infinitos matices del terror, velaron con la cabeza apoyada en una almohada rellena con hojas clandestinas por repartir. Una madrugada oyeron frente a la puerta del consultorio los mismos preparativos sigilosos que preceden a una serenata, y luego la voz fatigada del alcalde: «Ahí no. Ese no se mete en nada». El doctor Giraldo apagó la lámpara y trató de dormir.

La llovizna empezó después de la media noche. El peluquero y otro recluta, apostados en la esquina del puerto, abandonaron su sitio y se protegieron bajo el alar de la tienda del señor Benjamín. El peluquero encendió un cigarrillo y examinó el fusil a la luz del fósforo. Era un arma nueva.

—Es made in usa. —dijo.

Su compañero encendió varios fósforos en busca de la marca de su carabina, pero no pudo encontrarla. Una gotera del alar reventó en la culata del arma y produjo un impacto hueco. «Qué vaina tan rara», murmuró, secándola con la manga. «Nosotros aquí, cada uno con un fusil, mojándonos». En el pueblo apagado no se percibían más ruidos que el del agua en el alar.

—Somos nueve —dijo el peluquero—. Ellos son siete, contando al alcalde, pero tres están encerrados en el cuartel.

—Hace un rato estaba pensando lo mismo —dijo el

otro.

La linterna de pilas del alcalde los hizo brutalmente visibles, acurrucados contra la pared, tratando de proteger las armas de las gotas que estallaban como perdigones en sus zapatos. Lo reconocieron cuando apagó la linterna y entró bajo el alar. Llevaba un impermeable de campaña y una ametralladora de mano en bandolera. Un agente lo acompañaba. Después de mirar el reloj, que usaba en el brazo derecho, ordenó al agente:

—Vaya al cuartel y vea qué pasa con las provisiones.

Con la misma energía habría impartido una orden de guerra. El agente desapareció bajo la lluvia. Entonces el alcalde se sentó en el suelo junto a los reclutas.

—¿Qué hay de vainas? —preguntó.

—Nada —respondió el peluquero.

El otro ofreció un cigarrillo al alcalde antes de encender el suyo. El alcalde rehusó.

—¿Hasta cuándo nos va a tener en esto, teniente?

—No sé —dijo el alcalde—. Por ahora, hasta que termine el toque de queda. Ya veremos qué se hace mañana.

—¡Hasta las cinco! —exclamó el peluquero.

—Imagínate —dijo el otro—. Yo que estoy parado desde las cuatro de la mañana.

Un tropel de perros les llegó a través del murmullo de la llovizna. El alcalde esperó hasta que terminó el alboroto y sólo quedó un ladrido solitario. Se volvió hacia el recluta con un aire deprimido.

—Dígamelo a mí, que llevo media vida en esta vaina —dijo—. Estoy cayéndome de sueño.

—Para nada —dijo el peluquero—. Esto no tiene ni pies ni cabeza. Parece cosa de mujeres.

—Yo empiezo a creer lo mismo —suspiró el alcalde.

El agente regresó a informar que estaban esperando a que escampara para repartir la comida. Luego rindió otro parte: una mujer, sorprendida sin salvoconducto, esperaba al alcalde en el cuartel.

Era Casandra. Dormía en la silla plegadiza, arropada con una capa de hule, en la salita iluminada por la bombilla lúgubre del balcón. El alcalde le apretó la nariz con el índice y el pulgar. Ella emitió un quejido, se sacudió en un principio de desesperación y abrió los ojos.

—Estaba soñando —dijo.

El alcalde encendió la luz de la sala. Protegiéndose los ojos con las manos, la mujer se retorció quejumbrosamente, y él sufrió un instante con sus uñas color de plata y su axila afeitada.

—Eres un fresco —dijo—. Estoy aquí desde las once.

—Esperaba encontrarte en el cuarto —se excusó el alcalde.

—No tenía salvoconducto.

Su cabello, de un color cobrizo dos noches antes, era ahora gris plateado. «Se me pasó por alto», sonrió el alcalde, y después de colgar el impermeable ocupó una silla junto a ella. «Espero que no hayan creído que eres la que pone los papelitos». La mujer había recobrado sus maneras fáciles.

—Ojalá —replicó—. Adoro las emociones fuertes.

De pronto, el alcalde pareció extraviado en la sala. Con un aire indefenso, haciendo crujir las coyunturas de los dedos, murmuró: «Necesito que me hagas un favor». Ella lo escrutó.

—Entre nosotros dos —prosiguió el alcalde—, quiero que pongas el naipe a ver si puede saberse quién es el de estas vainas.

Ella volvió la cara hacia el otro lado. «Entiendo», dijo después de un breve silencio. El alcalde la impulsó:

—Más que todo, lo hago por ustedes.

Ella afirmó con la cabeza.

—Ya lo hice —dijo.

El alcalde no habría podido disimular su ansiedad. «Es algo muy raro», continuó Casandra con un melodramatismo calculado. «Los signos eran tan evidentes que me dio miedo después de tenerlos sobre la mesa». Hasta su respiración se había vuelto efectista.

—¿Quién es?

—Es todo el pueblo y no es nadie.

Los hijos de la viuda de Asís vinieron a misa el domingo. Eran siete, además de Roberto Asís. Todos fundidos en el mismo molde: corpulentos y rudos, con algo de mulos en su voluntad para el trabajo fuerte, y dóciles a la madre con una obediencia ciega. Roberto Asís, el menor, y el único que se había casado, sólo tenía en común con sus hermanos un nudo en el hueso de la nariz. Con su salud precaria y sus maneras convencionales, era como un premio de consolación por la hija que la viuda de Asís se cansó de esperar.

En la cocina donde los siete Asís habían descargado las bestias, la viuda se paseaba por entre un reguero de pollos maneados, legumbres y quesos y panelas oscuras y pencas de carne salada, impartiendo instrucciones a las sirvientas. Una vez despejada la cocina, ordenó seleccionar lo mejor de cada cosa para el padre Angel.

El párroco se estaba afeitando. De vez en cuando extendía la mano hacia el patio para humedecerse el mentón con la llovizna. Se disponía a terminar, cuando dos niñas descalzas empujaron la puerta sin tocar y volcaron frente a él varias piñas maduras, plátanos pintones, panelas, queso y un canasto de legumbres y huevos frescos.

El padre Angel les guiñó un ojo. «Esto parece —dijo— el sueño de tío conejo». La menor de las niñas, con los ojos muy abiertos, lo señaló con el índice:

—¡Los padres también se afeitan!

La otra la llevó hacia la puerta. «¿Qué creías?», sonrió el párroco, y agregó seriamente: «También somos humanos». Luego contempló las provisiones dispersas por el suelo y comprendió que sólo la casa de Asís era capaz de tanta prodigalidad.

—Digan a los muchachos —casi gritó— que Dios se lo devolverá en salud.

El padre Angel, que en cuarenta años de sacerdocio no había aprendido a dominar la inquietud que precede a los actos solemnes, guardó los instrumentos sin acabar de afeitarse. Después recogió las provisiones, las amontonó bajo el tinajero y entró en la sacristía limpiándose las manos en la sotana.

La iglesia estaba llena. En dos escaños próximos al púlpito, donados por ellos, y con sus respectivos nombres grabados en plaquetas de cobre, estaban los Asís con la madre y la cuñada. Cuando llegaron al templo, por primera vez juntos en varios meses, habría podido pensarse que entraban a caballo. Cristóbal Asís, el mayor, que había llegado del hato media hora antes y no había tenido tiempo de afeitarse, llevaba aún las botas de montar con espuelas. Viendo aquel gigante montaraz, parecía cierta la versión pública y nunca confirmada de que César Montero era hijo secreto del viejo Adalberto Asís.

En la sacristía, el padre Angel sufrió una contrariedad: los ornamentos litúrgicos no estaban en su puesto. El acólito lo encontró aturdido, revolviendo gavetas mientras sostenía una oscura disputa consigo mismo.

—Llama a Trinidad —le ordenó el padre— y pregúntale dónde puso la estola.

Olvidaba que Trinidad estaba enferma desde el sábado. Seguramente, creía el acólito, se había llevado algunas cosas para arreglar. El padre Angel vistió entonce los ornamentos reservados a los oficios fúnebres. No logró concentrarse. Al subir al púlpito, impaciente y todavía con la respiración alterada, comprendió que los argumentos madurados en los días anteriores no tendrían ahora tanta fuerza de convicción como en la soledad del cuarto.

Habló durante diez minutos. Tropezando con las palabras, sorprendido por un tropel de ideas que no cabían en los moldes previstos, descubrió a la viuda de Asís, rodeada de sus hijos. Fue como si los hubiera reconocido varios siglos más tarde en una borrosa fotografía familiar. Sólo Rebeca de Asís, apacentando el busto espléndido con el abanico de sándalo, le pareció humana y actual. El padre Ángel puso término al sermón sin referirse de un modo directo a los pasquines.

La viuda de Asís permaneció rígida breves minutos, quitándose y poniéndose el anillo matrimonial con una secreta exasperación, mientras se reanudaba la misa. Luego se santiguó, se puso en pie y abandonó el templo por la nave central, tumultuosamente seguida por sus hijos.

En una mañana como ésa, el doctor Giraldo había comprendido el mecanismo interior del suicidio. Lloviznaba sin ruidos, en la casa contigua silbaba el turpial y su mujer hablaba mientras él se lavaba los dientes.

—Los domingos son raros —dijo ella, poniendo la mesa para el desayuno—. Es como si los colgaran descuartizados: huelen a animal crudo.

El médico armó la maquinita y empezó a afeitarse. Tenía los ojos húmedos y los párpados abotagados. «Estás durmiendo mal», le dijo su esposa. Y añadió

149

con una suave amargura: «Uno de estos domingos amanecerás viejo». Tenía puesta una bata raída y la cabeza cubierta de rizadores.

—Hazme un favor —dijo él—: cállate.

Ella fue a la cocina, puso la olla del café en el fogón y esperó a que hirviera, pendiente primero del silbido del turpial y un momento después del ruido de la ducha. Entonces fue al cuarto para que su marido encontrara la ropa lista cuando saliera del baño. Al llevar el desayuno a la mesa lo vio listo para salir, y le pareció un poco más joven con los pantalones de caqui y la camisa deportiva.

Desayunaron en silencio. Hacia el final, él la examinó con una atención afectuosa. Ella tomaba el café con la cabeza baja, un poco trémula de resentimiento.

—Es el hígado —se excusó él.

—Nada justifica la altanería —replicó ella sin levantar la cabeza.

—Debo estar intoxicado —dijo él—. El hígado se atasca con esta lluvia.

—Siempre dices lo mismo —precisó ella—, pero nunca haces nada. Si no abres el ojo —agregó— tendrás que desahuciarte tú mismo.

El pareció creerlo. «En diciembre —dijo— estaremos quince días en el mar». Observó la llovizna a través de los rombos de la verja de madera que separaba el comedor del patio entristecido por la persistencia de octubre, y añadió: «Entonces, al menos por cuatro meses, no habrá domingos como éste». Ella amontonó los platos antes de llevarlos a la cocina. Cuando volvió al comedor lo encontró con el sombrero de palma tejida, preparando el maletín.

—Así que la viuda de Asís volvió a salirse de la iglesia —dijo él.

Su esposa se lo había contado antes de que empezara a lavarse los dientes, pero no le puso atención.

—Van como tres veces este año —confirmó ella—. Por lo visto, no ha encontrado nada mejor con qué entretenerse.

El médico desplegó su riguroso sistema dental.

—Los ricos están locos.

Algunas mujeres, de regreso de la iglesia, habían entrado a visitar a la viuda de Montiel. El médico saludó al grupo que permanecía en la sala. Un murmullo de risas lo persiguió hasta el descanso. Antes de llamar a la puerta, se dio cuenta de que había otras mujeres en el dormitorio. Alguien le ordenó seguir.

La viuda de Montiel estaba sentada, con el cabello suelto, sosteniéndose con las manos el borde de la sábana contra el pecho. Tenía un espejo y un peine de cuerno en el regazo.

—De manera que también usted resolvió irse a la fiesta —le dijo el médico.

—Está festejando sus quince años —dijo una de las mujeres.

—Dieciocho —corrigió la viuda de Montiel con una sonrisa triste. Otra vez estirada en la cama, se cubrió hasta el cuello—. Desde luego —agregó de buen humor— no hay ningún hombre invitado. Y menos usted, doctor: es de mal agüero.

El médico puso el sombrero mojado sobre la cómoda. «Hace bien», dijo, observando a la enferma con una complacencia pensativa. «Acabo de darme cuenta de que no tengo nada que hacer aquí». Luego, dirigiéndose al grupo, se excusó:

—¿Me permiten?

Cuando estuvo sola con él, la viuda de Montiel asumió de nuevo una amarga expresión de enferma. Pero el médico no pareció advertirlo. Siguió hablando en el mismo tono festivo mientras ponía sobre la mesa de noche las cosas que sacaba del maletín.

—Por favor, doctor —suplicó la viuda—, no más inyecciones. Estoy hecha un colador.

—Las inyecciones —sonrió el médico— es lo mejor que se ha inventado para alimentar a los médicos.

También ella sonrió.

—Créame —dijo palpándose las nalgas por encima de las sábanas—, todo esto lo tengo apolismado. No puedo ni tocármelo.

—No se lo toque —dijo el médico.

Entonces ella sonrió francamente:

—Hable en serio aunque sea los domingos, doctor.

El médico le descubrió el brazo para tomar la presión arterial.

—Me lo prohibió el médico —dijo—. Es malo para el hígado.

Mientras le tomaba la tensión, la viuda observó el cuadrante del tensiómetro con una curiosidad infantil. «Es el reloj más raro que he visto en mi vida», dijo. El médico permaneció concentrado en el indicador hasta cuando acabó de oprimir la pera.

—Es el único que marca con exactitud la hora de levantarse —dijo.

Al terminar, mientras enrollaba los tubos del tensiómetro, observó minuciosamente el rostro de la enferma. Puso sobre la mesita un frasco de pastillas blancas con la indicación de que tomara una cada doce horas. «Si no quiere más inyecciones —dijo—, no habrá más inyecciones. Usted está mejor que yo». La viuda hizo un gesto de impaciencia.

—Nunca tuve nada —dijo.

—Ya lo creo —replicó el médico—, pero había

que inventar algo para justificar la cuenta.

Eludiendo el comentario, la viuda preguntó:

—¿Tengo que seguir acostada?

—Al contrario —dijo el médico—, se lo prohibo rotundamente. Baje a la sala y atienda a las visitas como es debido. Además —agregó con voz maliciosa—, hay muchas cosas de qué hablar.

—Por Dios, doctor —exclamó ella—, no sea tan chismoso. Usted debe ser el que pone los pasquines.

El doctor Giraldo celebró la ocurrencia. Al salir, echó una ojeada furtiva al baúl de cuero con clavos de cobre dispuesto para el viaje en un rincón del dormitorio. «Y tráigame algo —gritó desde la puerta— cuando regrese de la vuelta al mundo». La viuda había reanudado la paciente labor de desenredarse el cabello.

—Por supuesto, doctor.

No bajó a la sala. Permaneció en la cama hasta cuando se fue la última visita. Entonces se vistió. El señor Carmichael la encontró comiendo frente al balcón entreabierto.

Ella respondió al saludo sin apartar la vista del balcón. «En el fondo —dijo— me gusta esa mujer: es valiente». También el señor Carmichael miró hacia la casa de la viuda de Asís, cuyas puertas y ventanas no se habían abierto a las once.

—Es cosa de su naturaleza —dijo—. Con una entraña como la suya, hecha sólo para varones, no se puede ser de otra manera —Dirigiendo la atención hacia la viuda de Montiel, añadió—: Y usted también está como una rosa.

Ella pareció confirmarlo con la frescura de su sonrisa. «¿Sabe una cosa?», preguntó. Y ante la indecisión del señor Carmichael, anticipó la respuesta:

—El doctor Giraldo está convencido de que estoy loca.

—¡No me diga!

La viuda afirmó con la cabeza. «No se me haría raro —continuó— que ya hubiera hablado con usted para ver la manera de mandarme al manicomio». El señor Carmichael no supo cómo desenredarse de la confusión.

—No he salido de la casa en toda la mañana —dijo.

Se dejó caer en el mullido sillón de cuero colocado junto a la cama. La viuda recordó a José Montiel en aquel sillón, fulminado por la congestión cerebral, quince minutos antes de morir. «En ese caso —dijo sacudiendo el mal recuerdo— puede que lo llame esta tarde». Y cambió con una sonrisa lúcida:

—¿Habló con mi compadre Sabas?

El señor Carmichael dijo que sí con la cabeza. En verdad, el viernes y el sábado había echado sondas en el abismo de don Sabas, tratando de averiguar cuál sería su reacción si se pusiera en venta la herencia de José Montiel. Don Sabas—suponía el señor Carmichael—parecía dispuesto a comprar. La viuda lo escuchó sin dar muestras de impaciencia. Si no era el miércoles próximo, sería el de la semana siguiente, admitió con una firmeza reposada. De todos modos, estaba dispuesta a abandonar el pueblo antes de que terminara octubre.

El alcalde desenfundó el revólver con un instantáneo movimiento de la mano izquierda. Hasta el último músculo de su cuerpo estaba listo para disparar, cuando despertó por completo y reconoció al juez Arcadio.

—¡Mierda!

154

El juez Arcadio quedó petrificado.

—No vuelva a hacer esa vaina —dijo el alcalde guardando el revólver. Se derrumbó de nuevo en la silla de lona—. El oído me funciona mejor cuando duermo.

—La puerta estaba abierta —dijo el juez Arcadio.

El alcalde había olvidado cerrarla al amanecer. Estaba tan cansado que se dejó caer en la silla y se durmió al instante.

—¿Qué hora es?

—Van a dar las doce —dijo el juez Arcadio.

Aún quedaba una cuerda trémula en su voz.

—Estoy muerto de sueño —dijo el alcalde.

Retorciéndose en un bostezo largo tuvo la impresión de que el tiempo se había detenido. A pesar de su diligencia, de sus noches en claro, los pasquines continuaban. Aquella madrugada había encontrado un papel pegado a la puerta de su dormitorio: «No gaste pólvora en gallinazos, teniente». Por la calle se decía en voz alta que los propios integrantes de las rondas ponían los pasquines para distraer el tedio de la vigilia. El pueblo —había pensado el alcalde— estaba muerto de risa.

—Sacúdase —dijo el juez Arcadio—, y vamos a comer algo.

Pero él no tenía hambre. Quería dormir una hora más y darse un baño antes de salir. El juez Arcadio, en cambio, fresco y limpio, regresaba a casa a almorzar. Al pasar frente al dormitorio, como la puerta estaba abierta, había entrado a pedir al alcalde un salvoconducto para transitar después del toque de queda.

El teniente dijo simplemente: «No». Después, con un sesgo paternal, se justificó:

—Le conviene estar tranquilo en su casa.

El juez Arcadio encendió un cigarrillo. Permaneció contemplando la llama del fósforo en espera de que declinara el rencor, pero no encontró nada qué decir.

—No lo tome a mal —añadió el alcalde—. Créame que quisiera cambiarme por usted, acostarme a las ocho de la noche y levantarme cuando me diera la gana.

—Cómo no —dijo el juez. Y agregó con acentuada ironía—: Lo único que me faltaba era eso: un papá nuevo a los treinta y cinco años.

Le había dado la espalda y parecía contemplar desde el balcón el cielo cargado de lluvia. El alcalde hizo un silencio duro. Después, de un modo cortante, dijo:

—Juez —el juez Arcadio se volvió hacia él y ambos se miraron a los ojos—. No voy a darle el salvoconducto. ¿Entiende?

El juez mordió el cigarrillo y empezó a decir algo, pero reprimió el impulso. El alcalde lo oyó bajar lentamente las escaleras. De pronto, inclinándose, gritó:

—¡Juez!

No hubo respuesta.

—Quedamos de amigos —gritó el alcalde.

Tampoco esta vez obtuvo respuesta.

Permaneció inclinado, pendiente de la reacción del juez Arcadio, hasta cuando se cerró la puerta y otra vez quedó solo con sus recuerdos. No hizo esfuerzos por dormir. Estaba desvelado en pleno día, empantanado en un pueblo que seguía siendo impenetrable y ajeno, muchos años después de que él se hiciera cargo de su destino. La madrugada en que desembarcó furtivamente con una vieja maleta de cartón amarrada con cuerdas y la orden de someter al pueblo a cualquier precio, fue él quien conoció el terror. Su único asidero era una carta para un oscuro partidario del gobierno que había de encontrar al día siguiente sentado en calzoncillos a la puerta de una piladora de arroz. Con sus indicaciones, y la entraña implacable de los tres asesinos a sueldo que lo acompañaban, la tarea había sido cumplida. Aquella tarde, sin embargo, inconsciente de la invisible telaraña que el tiempo había ido tejiendo a su alrededor, le habría bastado una instantánea explosión de clarividencia para haberse preguntado quién estaba sometido a quién.

Soñó con los ojos abiertos frente al balcón azotado por la llovizna, hasta un poco después de las cuatro. Luego se bañó, se puso el uniforme de campaña y bajó al hotel a desayunar. Más tarde hizo una inspección rutinaria en el cuartel, y de pronto se encontró parado en una esquina con las manos en los bolsillos, sin saber qué hacer.

El propietario del salón de billar lo vio entrar al atardecer, todavía con las manos en los bolsillos. Lo saludó desde el fondo del establecimiento vacío, pero el alcalde no le respondió.

—Una botella de agua mineral —dijo.

Las botellas provocaron un estruendo al ser removidas en la caja de hielo.

— Un día de estos —dijo el propietario— tendrán que operarlo, y le encontrarán el hígado lleno de burbujitas.

El alcalde observó el vaso. Tomó un sorbo, eructó, y estuvo con los codos apoyados en el mostrador y la mirada fija en el vaso, y volvió a eructar. La plaza estaba desierta.

—Bueno —dijo el alcalde—. ¿Qué es lo que pasa?

—Es domingo —dijo el propietario.

—¡Ah!

157

Puso una moneda en el mostrador y salió sin despedirse. En la esquina de la plaza, alguien que caminaba como si arrastrara una cola enorme le dijo algo que no comprendió. Poco después reaccionó. De un modo confuso comprendió que algo estaba pasando y se dirigió al cuartel. Subió a saltos las escaleras sin prestar atención a los grupos que se formaban en la puerta. Un agente le salió al encuentro. Le entregó una hoja de papel y él apenas necesitó un golpe de vista para comprender de qué se trataba.

—La estaba repartiendo en la gallera —dijo el agente.

El alcalde se precipitó por el corredor. Abrió la primera celda y permaneció con la mano en la aldaba, escrutando la penumbra, hasta cuando pudo ver: era un muchacho como de veinte años, de rostro afilado y cetrino, marcado por la viruela. Llevaba una gorra de beisbolista y anteojos de cristales volados.

—¿Cómo te llamas?

—Pepe.

—¿Pepe qué?

—Pepe Amador.

El alcalde lo observó un momento e hizo un esfuerzo por recordar. El muchacho estaba sentado en la plataforma de concreto que servía de cama a los presos. Parecía tranquilo. Se quitó los anteojos, los limpió con el faldón de la camisa y miró al alcalde con los párpados fruncidos.

—¿Dónde nos hemos visto? —preguntó el alcalde.

—Por ahí —dijo Pepe Amador.

El alcalde no dio un paso en el interior de la celda. Siguió mirando al preso, pensativo, y luego empezó a cerrar la puerta.

—Bueno, Pepe —dijo—, creo que te jodiste.

Pasó el cerrojo, se echó la llave al bolsillo, y fue a la sala a leer y releer varias veces la hoja clandestina. Se sentó frente al balcón abierto, matando zancudos a manotadas, mientras se encendían las luces en las calles desiertas. El conocía aquella paz crepuscular. En otra época, en un anochecer como ése, había experimentado en su plenitud la emoción del poder.

—De manera que han vuelto —se dijo en voz alta.

Habían vuelto. Como antes, estaban impresas en mimeógrafo por ambos lados, y habrían podido reconocerse en cualquier parte y en cualquier tiempo por la indefinible huella de zozobra que imprime la clandestinidad.

Pensó mucho tiempo en las tinieblas, doblando y desdoblando la hoja de papel, antes de tomar una decisión. Por último se la guardó en el bosillo y reconoció al tacto las llaves de la celda.

—Rovira —llamó.

Su agente de confianza surgió de la oscuridad. El alcalde le dio las llaves.

—Hazte cargo de ese muchacho —dijo—. Trata de convencerle de que te dé los nombres de quienes traen al pueblo la propaganda clandestina. Si no lo consigues por las buenas —precisó—, trata de que lo diga de todos modos.

El agente le recordó que tenía un turno esa noche.

—Olvídalo —dijo el alcalde—. No te ocupes de nada más hasta nueva orden. Y otra cosa —agregó, como abedeciendo a una inspiración—: despacha a esos hombres que están en el patio. Esta noche no hay rondas.

Llamó a la oficina blindada a los tres agentes que por orden suya permanecían inactivos en el cuartel. Les hizo ponerse los uniformes que guardaba bajo llave en el armario. Mientras lo hacían, recogió en la mesa los cartuchos de fogueo que las noches anteriores había repartido a los hombres de las rondas, y sacó de la caja fuerte un puñado de proyectiles.

«Esta noche las rondas las van hacer ustedes», les dijo, revisando fusiles para entregarles los mejores. «No tienen que hacer nada, sino dejar que la gente se dé cuenta de que son ustedes los que están en la calle». Una vez que todos estuvieron armados les entregó la munición. Se plantó frente a ellos.

—Pero oigan bien una cosa —les advirtió—: al primero que haga un disparate lo hago fusilar contra la pared del patio —esperó una reacción que no llegó—. ¿Entendido?

Los tres hombres —dos aindiados, de aspecto corriente, y uno rubio, con tendencia al gigantismo y de ojos de un azul transparente— habían escuchado las últimas palabras colocando cartuchos en las cananas. Se pusieron firmes.

—Entendido, mi teniente.

—Y otra cosa —dijo el alcalde cambiando a un tono informal—: los Asís están en el pueblo, y no tendría nada de raro que se encontraran esta noche con alguno de ellos, borracho, con ganas de buscar vainas. Pues pase lo que pase, no se metan con él —tampoco esta vez se produjo la reacción esperada—. ¿Entendido?

—Entendido, mi teniente.

—Entonces ya lo saben —concluyó el alcalde—. Pongan los cinco sentidos en su puesto.

Al cerrar la iglesia después del rosario, que había adelantado una hora a causa del toque de queda, el

160

padre Angel sintió un olor a podredumbre. Fue una tufarada momentánea que no alcanzó a intrigarlo. Más tarde friendo tajadas de plátano verde y calentando leche para la comida encontró la causa del olor: Trinidad, enferma desde el sábado, no había retirado los ratones muertos. Entonces volvió al templo, abrió y limpió las trampas y fue después donde Mina, a dos cuadras de la iglesia.

El propio Toto Visbal le abrió la puerta. En la salita en penumbra, donde había varios taburetes de cuero en desorden y litografías colgadas en las paredes, la madre de Mina y la abuela ciega tomaban en tazas una bebida aromática y ardiente. Mina fabricaba flores artificiales.

—Hace quince años —dijo la ciega— que no se le veía en esta casa, padre.

Era cierto. Todas las tardes pasaba frente a la ventana donde Mina se sentaba a hacer flores de papel, pero nunca entraba.

—El tiempo pasa sin hacer ruido —dijo. Y luego, dando a entender que estaba de prisa, se dirigió a Toto Visbal—: Vengo a rogarle que deje ir a Mina desde mañana a hacerse cargo de las trampas. Trinidad —explicó a Mina—, está enferma desde el sábado.

Toto Visbal dio su consentimiento.

—Son ganas de perder el tiempo —intervino la ciega—. Al fin y al cabo, este año se acabará el mundo.

La madre de Mina le puso una mano en la rodilla en señal de que se callara. La ciega le apartó la mano.

—Dios castiga la superstición —dijo el párroco.

—Está escrito —dijo la ciega—: la sangre correrá por las calles y no habrá poder humano capaz de detenerla.

El padre le dirigió una mirada de conmiseración era muy vieja, de una palidez extremada y sus ojos muertos parecían penetrar en el secreto de las cosas.

—Nos bañaremos en sangre —se burló Mina.

Entonces el padre Angel se volvió hacia ella. La vio surgir, con su cabello de un negro intenso y la misma palidez de la ciega, de entre una confusa nube de cintas y papeles de colores. Parecía un cuadro alegórico en una velada escolar.

—Y tú —le dijo— trabajando en domingo.

—Ya se lo he dicho —intervino la ciega—. Lloverá ceniza ardiendo sobre su cabeza.

—La necesidad tiene cara de perro —sonrió Mina.

Como el párroco seguía de pie, Toto Visbal rodó un asiento y volvió a invitarlo a que se sentara. Era un hombre frágil, de ademanes sobresaltados por la timidez.

—Gracias —rehusó el padre Angel—. Me va a coger el toque de queda en la calle —prestó atención al profundo silencio del pueblo y comentó—: Parece que fueran más de las ocho.

Entonces lo supo: después de casi dos años de celdas vacías, Pepe Amador estaba en la cárcel, y el pueblo a merced de tres criminales. La gente se había recogido desde las seis.

—Es extraño —el padre Angel pareció hablar consigo mismo—. Una cosa así resulta desatinada.

—Tarde o temprano tenía que suceder —dijo Toto Visbal—. El país entero está remendado con telaraña.

Siguió al padre hasta la puerta.

—¿No ha visto las hojas clandestinas?

El padre Angel se detuvo perplejo.

—¿Otra vez?

—En agosto —se interpuso la ciega— empezarán los

tres días de oscuridad.

Mina estiró el brazo para darle una flor empezada. «Cállate —le dijo—, y termina con eso». La ciega reconoció la flor con el tacto.

—Así que han vuelto —dijo el padre.

—Hace como una semana —dijo Toto Visbal—. Por aquí estuvo una, sin que nadie supiera quién la trajo. Usted sabe cómo es eso.

El párroco afirmó con la cabeza.

—Dicen que todo sigue lo mismo que antes —prosiguió Toto Visbal—. Cambió el gobierno, prometió paz y garantías, y al principio todo el mundo lo creyó. Pero los funcionarios siguen siendo los mismos.

—Y es verdad— intervino la madre de Mina—. Aquí estamos, otra vez con toque de queda, y esos tres criminales en la calle.

—Pero hay una novedad —dijo Toto Visbal—: Ahora dicen que otra vez se están organizando guerrillas contra el gobierno en el interior del país.

—Todo eso está escrito —dijo la ciega.

—Es absurdo —dijo el párroco, pensativo—. Hay que reconocer que la actitud ha cambiado. O por lo menos —se corrigió— había cambiado hasta esta noche.

Horas después, desvelado en el calor del toldo, se preguntó, sin embargo, si en realidad el tiempo había transcurrido en los diecinueve años que llevaba en la parroquia. Oyó, en el frente mismo de su casa, el ruido de las botas y las armas que en otra época precedieron a las descargas de fusilería. Sólo que esta vez las botas se alejaron, volvieron a pasar una hora más tarde y volvieron a alejarse, sin que sonaran los disparos. Poco después, atormentado por la fatiga de la vigilia y el calor, se dio cuenta de que hacía rato estaban cantando los gallos.

Mateo Asís trató de calcular la hora por la posición de los gallos. Finalmente salió a flote en la realidad.

—¿Qué hora es?

Nora de Jacob estiró el brazo en la penumbra y cogió el reloj de números fosforescentes en la mesa de noche. La respuesta que aún no había dado la despertó por completo.

—Las cuatro y media —dijo.

—¡Mierda!

Mateo Asís saltó de la cama. Pero el dolor de cabeza, y luego el sedimento mineral en la boca, le obligaron a moderar el impulso. Buscó los zapatos con los pies en la oscuridad.

—Me hubiera cogido el día —dijo.

—Qué bueno —dijo ella. Encendió la lamparita y reconoció su nudosa espina dorsal y sus nalgas pálidas—. Hubieras tenido que quedarte encerrado aquí hasta mañana.

Estaba completamente desnuda, apenas cubierto el sexo con un extremo de la sábana. Hasta la voz perdía con la luz encendida su tibia procacidad.

Mateo Asís se puso los zapatos. Era alto y macizo. Nora de Jacob, que lo recibía ocasionalmente desde hacía dos años, experimentaba una especie de frustración ante la fatalidad de tener en secreto a un hombre que a ella le parecía hecho para que lo contara una mujer.

—Si no te cuidas vas a engordar —dijo.

164

—Es la buena vida —replicó él, procurando ocultar la desazón. Y agregó sonriendo—: Debo estar encinta.

—Ojalá —dijo ella—. Si los hombres parieran serían menos desconsiderados.

Mateo Asís recogió el preservativo del suelo con el calzoncillo, fue al baño y lo echó en el inodoro. Se lavó, procurando no respirar a fondo: cualquier olor, al amanecer, era un olor de ella. Cuando volvió al cuarto la encontró sentada en la cama.

—Un día de estos —dijo Nora de Jacob— me cansaré de estos escondrijos y se lo contaré todo a todo el mundo.

El no la miró mientras no estuvo completamente vestido. Ella tuvo conciencia de sus senos macilentos, y sin dejar de hablar se cubrió hasta el cuello con la sábana.

—No veo la hora —prosiguió— de que desayunemos en la cama y estemos aquí hasta por la tarde. Soy capaz de ponerme yo misma un pasquín.

El rió abiertamente.

—Se muere el viejo Benjamincito —dijo—. ¿Cómo anda eso?

—Imagínate —dijo ella—: esperando que se muera Néstor Jacob.

Lo vio despedirse desde la puerta con una señal de la mano. «Trata de venir para Nochebuena», le dijo. El lo prometió. Atravesó el patio en puntillas y salió a la calle por el portón. Había un rocío helado que apenas le humedecía la piel. Un grito le salió al encuentro al llegar a la plaza.

¡Alto!

Una linterna de pilas se encendió frente a sus ojos. El apartó la cara.

—¡Ah, carajo! —dijo el alcalde, invisible detrás de

la luz——. Miren lo que nos hemos encontrado. ¿Vas o vienes?

Apagó la linterna, y Mateo Asís lo vió, acompañado por tres agentes. Tenía la cara fresca y lavada, y llevaba la ametralladora en bandolera.

—Vengo —dijo Mateo Asís.

El alcalde se acercó para ver el reloj a la luz del poste. Faltaban diez minutos para las cinco. Con una señal dirigida a los agentes ordenó poner término a la queda. Permaneció en suspenso hasta cuando acabó el toque de clarín, que puso una nota triste en el amanecer. Después despidió a los agentes y acompañó a Mateo Asís a través de la plaza.

—Ya está —dijo—; se acabó la vaina de los papelitos.

Más que satisfacción, había cansancio en su voz.

—¿Cogieron al que era?

—Todavía no —dijo el alcalde—. Pero acabo de hacer la última ronda y puedo asegurar que hoy, por primera vez, no amaneció un solo papel. Era cuestión de amarrarse los pantalones.

Al llegar al portón de la casa, Mateo Asís se adelantó para amarrar los perros. Las mujeres del servicio se desperezaban en la cocina. Cuando el alcalde entró, fue recibido por un alboroto de perros encadenados que un momento después fue sustituido por pasos y suspiros de animales pacíficos. La viuda de Asís los encontró tomando el café sentados en el pretil de la cocina. Había aclarado.

—Hombre madrugador —dijo la viuda—, buen esposo pero mal marido.

A pesar del buen humor, el rostro revelaba la mortificación de una intensa vigilia. El alcalde respondió al saludo. Recogió la ametralladora del suelo y se la

166

colgó en el hombro.

—Tómese todo el café que quiera, teniente —dijo la viuda—, pero no me traiga escopetas a la casa.

—Al contrario —sonrió Mateo Asís—. Debías pedírsela prestada para ir a misa. ¿No te parece?

—No necesito de estos trastos para defenderme —replicó la viuda—. La Divina Providencia está de nuestra parte. Los Asís —agregó seriamente— éramos gente de Dios antes de que hubiera curas a muchas leguas a la redonda.

El alcalde se despidió. «Hay que dormir», dijo. «Esto no es vida para cristianos». Se abrió paso por entre las gallinas y los patos y pavos que empezaban a invadir la casa. La viuda espantó los animales. Mateo Asís fue al dormitorio, se bañó, se cambió de ropa y salió de nuevo a ensillar la mula. Sus hermanos se habían ido al amanecer.

La viuda de Asís se ocupaba de las jaulas cuando su hijo apareció en el patio.

—Acuérdate —le dijo—, que una cosa es cuidar el pellejo y otra cosa es saber guardar las distancias.

—Sólo entró a tomar un pocillo de café —dijo Mateo Asís—. Nos vinimos hablando, casi sin darnos cuenta.

Estaba en el extremo del corredor, mirando a su madre, pero ella no se había vuelto al hablar. Parecía dirigirse a los pájaros. «Nada más te digo eso», replicó. «No me traigas asesinos a la casa». Habiendo terminado con las jaulas, se ocupó directamente de su hijo:

—Y tú, ¿dónde estabas?

Aquella mañana, el juez Arcadio creyó descubrir signos aciagos en los minúsculos episodios que hacen la vida de todos los días. «Hace dolor de cabeza», dijo, tratando de explicar la incertidumbre a su mujer. Era una mañana de sol. El río, por primera vez en varias semanas, había perdido su aspecto amenazante y su olor a pellejo crudo. El juez Arcadio fue a la peluquería.

—La justicia —lo recibió el peluquero— cojea, pero llega.

El piso había sido lustrado con petróleo y los espejos estaban cubiertos con brochazos de albayalde. El peluquero empezó a pulirlos con un trapo mientras el juez Arcadio se acomodaba en la silla.

—No debían existir los lunes —dijo el juez.

El barbero había empezado a cortarle el cabello.

—Son culpa del domingo —dijo—. Si no fuera por el domingo —precisó con un aire alegre— no existirían los lunes.

El juez Arcadio cerró los ojos. Esta vez, después de diez horas de sueño, de un acto de amor turbulento y de un baño prolongado, no había nada que reprocharle al domingo. Pero era un lunes denso. Cuando el reloj de la torre dio las nueve y quedó en lugar de las campanadas el siseo de una máquina de coser en la casa contigua, otro signo estremeció al juez Arcadio: el silencio de las calles.

—Este es un pueblo fantasma —dijo.

—Ustedes lo han querido así —dijo el peluquero—. Antes, un lunes por la mañana había hecho por lo menos cinco cortes a esta hora. Hoy, hago el nombre de Dios con usted.

El juez Arcadio abrió los ojos y por un momento contempló el río en el espejo. «Ustedes», repitió. Y preguntó:

—¿Quiénes somos nosotros?

—Ustedes —vaciló el peluquero—. Antes de ustedes, este era un pueblo de mierda, como todos, pero ahora es el peor de todos.

—Si me dices estas cosas —replicó el juez—, es porque sabes que no he tenido nada que ver con ellas. ¿Te atreverías —preguntó sin agresividad —a decirle lo mismo al teniente?

El peluquero admitió que no.

—Usted no sabe —dijo— lo que es levantarse todas las mañanas con la seguridad de que lo matarán a uno, y que pasen diez años sin que lo maten.

—No lo sé —admitió el juez Arcadio— ni quiero saberlo.

—Haga todo lo que pueda —dijo el peluquero— por no saberlo nunca.

El juez doblegó la cabeza. Después de un prolongado silencio, preguntó: «¿Sabes una cosa, Guardiola?» Sin esperar la respuesta siguió adelante: «El teniente se está hundiendo en el pueblo. Y cada día se hunde más, porque ha descubierto un placer del cual no se regresa: poco a poco, sin hacer mucho ruido, se está volviendo rico». Como el peluquero lo escuchaba en silencio, concluyó:

—Te apuesto a que no habrá un muerto más por su cuenta.

—¿Cree usted?

—Te apuesto cien a uno —insistió el juez Arcadio—. Para él, en estos momentos, no hay mejor negocio que la paz.

El peluquero acabó de cortarle el cabello, echó la silla hacia atrás, y cambió la sábana sin hablar. Cuando por fin lo hizo, había un hilo de desconcierto en su voz.

—Es raro que sea usted quien diga eso —dijo—,

y que me lo diga a mí.

De habérselo permitido la posición, el juez Arcadio se habría encogido de hombros.

—No es la primera vez que lo digo —precisó.

—El teniente es su mejor amigo —dijo el peluquero.

Había bajado la voz, y era una voz tensa y confidencial. Concentrado en su trabajo, tenía la misma expresión con que hace su firma una persona que no tiene el hábito de escribir.

—Dime una cosa, Guardiola —preguntó el juez Arcadio con una cierta solemnidad—. ¿Qué idea tienes de mí?

El peluquero había empezado a afeitarlo. Pensó un momento antes de responder.

—Hasta ahora —dijo— había pensado que usted es un hombre que sabe que se va, y quiere irse.

—Puedes seguir pensándolo —sonrió el juez.

Se dejaba afeitar con la misma pasividad sombría con que se habría dejado degollar. Mantuvo los ojos cerrados mientras el peluquero le frotaba la barba con una piedra de alumbre, lo empolvaba y le sacudía el polvo con una brocha de cerdas muy suaves. Al quitarle la sábana del cuello, le deslizó un papel en el bolsillo de la camisa.

—Sólo está equivocado en una cosa, juez —le dijo—. En este país va a haber vainas.

El juez Arcadio se cercioró de que continuaban solos en la peluquería. El sol ardiente, el siseo de la máquina de coser en el silencio de las nueve y media, el lunes ineludible, le indicaron algo más: parecía que estuvieran solos en el pueblo. Entonces sacó el papel del bolsillo y leyó.

El barbero le dio la espalda para poner orden en el

170

tocador. «Dos años de discursos», citó de memoria. «Y todavía el mismo estado de sitio, la misma censura de prensa, los mismos funcionarios». Al ver en el espejo que el juez Arcadio había terminado de leer, le dijo:

—Hágala circular.

El juez volvió a guardarse el papel en el bolsillo.

—Eres valiente —dijo.

—Si alguna vez me hubiera equivocado con alguna persona —dijo el peluquero—, hace años que estaría apretadito de plomo —luego agregó con voz seria—: Y acuérdese de una cosa juez: esto ya no lo para nadie.

Al salir de la peluquería, el juez Arcadio sentía el paladar reseco. Pidió en el salón de billar dos tragos dobles, y después de tomarlos, uno detrás del otro, comprendió que todavía le faltaba mucho tiempo para terminar. En la Universidad, un Sábado de Gloria, trató de aplicarle una cura de burro a la incertidumbre: entró en el orinal de un bar, perfectamente sobrio, y se echó pólvora en un chancro y le prendió fuego.

Al cuarto trago, don Roque moderó la dosis «A este paso —sonrió— lo sacarán en hombros como a los toreros». También él sonrió con los labios, pero sus ojos permanecieron apagados. Media hora después fue al orinal, orinó, y antes de salir echó la hoja clandestina en el excusado.

Cuando regresó al mostrador encontró la botella junto al vaso, señalado con una línea de tinta el nivel del contenido. «Todo eso para usted», le dijo don Roque, abanicándose lentamente. Estaban solos en el salón. El juez Arcadio se sirvió medio vaso y empezó a beberlo sin prisa. «¿Sabe una cosa?», preguntó. Y cómo don Roque no dio muestras de haber entendido, le dijo:

—Va a haber vainas.

Don Sabas estaba pesando en la balanza su almuerzo de pajarito, cuando le anunciaron una nueva visita del señor Carmichael. «Dile que estoy durmiendo», susurró al oído de su mujer. Y, efectivamente, diez minutos después estaba durmiendo. Al despertar, el aire se había vuelto seco y la casa estaba paralizada por el calor. Eran más de las doce.

—¿Qué soñaste? —le preguntó su mujer.

—Nada.

Había esperado a que su esposo despertara sin ser llamado. Un momento después, hirvió la jeringuilla hipodérmica y don Sabas se puso una inyección de insulina en el muslo.

—Hace como tres años que no sueñas nada —dijo la mujer con un desencanto tardío.

—Carajo —exclamó él—. ¿Y ahora qué quieres? No se puede soñar a la fuerza.

Años antes, en su breve sueño del mediodía, don Sabas había soñado con un roble que en lugar de flores producía cuchillas de afeitar. Su mujer interpretó el sueño y se ganó una fracción de lotería.

—Si no es hoy, será mañana —dijo ella.

—No fue hoy ni será mañana —replicó impaciente don Sabas—. No voy a soñar únicamente para que tú hagas pendejadas.

Se tendió de nuevo en la cama mientras su esposa ponía orden en el cuarto. Toda clase de instrumentos, cortantes y punzantes, habían sido desterrados de la habitación. Pasada media hora, don Sabas se incorporó en varios tiempos, procurando no agitarse, y empezó a vestirse.

172

—Ajá —preguntó entonces—: ¿qué dijo Carmichael?

—Que vuelve más tarde.

No volvieron a hablar mientras no estuvieron sentados a la mesa. Don Sabas picaba su descomplicada dieta de enfermo. Ella se sirvió un almuerzo completo, a simple vista demasiado abundante para su cuerpo frágil y su expresión lánguida. Lo había pensado mucho cuando decidió preguntar:

—¿Qué es lo que quiere Carmichael?

Don Sabas ni siquiera levantó la cabeza.

—¿Qué más puede ser? Plata.

«Me lo imaginaba», suspiró la mujer. Y prosiguió piadosamente: «Pobre Carmichael: ríos de dinero pasando por sus manos, durante tantos años, y viviendo de la caridad pública». A medida que hablaba, perdía el entusiasmo por el almuerzo.

—Dale, Sabitas —suplicó—. Dios te lo pagará —cruzó los cubiertos sobre el plato y preguntó intrigada—: ¿Cuánto necesita?

—Doscientos pesos —contestó imperturbable don Sabas.

—¡Doscientos pesos!

—¡Imagínate!

Al contrario del domingo, que era su día más ocupado, don Sabas tenía los lunes una tarde tranquila. Podía pasar muchas horas en la oficina, dormitando frente al ventilador eléctrico, mientras el ganado crecía, engordaba y se multiplicaba en sus hatos. Aquella tarde, sin embargo, no consiguió un instante de sosiego.

—Es el calor —dijo la mujer.

Don Sabas dejó ver una chispa de exasperación en las pupilas descoloridas. En la estrecha oficina, con

173

un viejo escritorio de madera, cuatro sillones de cuero y arneses apelotonados en los rincones, las persianas habían sido cerradas y el aire era tibio y grueso.

—Puede ser —dijo—. Nunca había hecho tanto calor en octubre.

—Hace quince años, con unos calores como estos, hubo temblor de tierra —dijo su mujer—. ¿Te acuerdas?

—No me acuerdo —dijo don Sabas, distraído—; tú sabes que nunca me acuerdo de nada. Además —agregó de mal humor—, esta tarde no estoy para hablar de desgracias.

Cerrando los ojos, los brazos cruzados sobre el vientre, fingió dormir. «Si viene Carmichael —murmuró— dile que no estoy». Una expresión de súplica alteró el rostro de su esposa.

—Eres de mala índole —dijo.

Pero él no volvió a hablar. Ella abandonó la oficina, sin hacer el menor ruido al ajustar la puerta alambrada. Hacia el atardecer, después de haber dormido realmente, don Sabas abrió los ojos y vio frente a él, como en la prolongación de un sueño, al alcalde sentado en espera de que despertara.

—Un hombre como usted —sonrió el teniente— no debe dormir con la puerta abierta.

Don Sabas no hizo un ademán que revelara su desconcierto. «Para usted —dijo— las puertas de mi casa están siempre abiertas». Estiró el brazo para hacer sonar la campanilla, pero el alcalde se lo impidió con un gesto.

—¿No quiere café? —preguntó don Sabas.

—Ahora no —dijo el alcalde repasando la habitación con una mirada nostálgica—. Se estaba muy bien aquí, mientras usted dormía. Era como estar en otro pueblo.

Don Sabas se frotó los párpados con el revés de los dedos.

—¿Qué hora es?

El alcalde consultó su reloj. «Van a ser las cinco», dijo. Luego, cambiando de posición en la poltrona, penetró suavemente en sus propósitos:

—Entonces, ¿hablamos?

—Supongo —dijo don Sabas— que no puedo hacer otra cosa.

«No valdría la pena», dijo el alcalde. «Al fin y al cabo, esto no es un secreto para nadie». Y con la misma reposada fluidez, sin forzar en ningún momento el gesto ni las palabras, agregó:

—Dígame una cosa, don Sabas: ¿cuántas reses de la viuda de Montiel ha hecho usted sacar y contramarcar con su hierro desde cuando ella le ofreció vender?

Don Sabas se encogió de hombros.

—No tengo la menor idea.

—Usted recuerda —afirmó el alcalde— que eso tiene un nombre.

—Abigeato —precisó don Sabas.

—Eso es —confirmó el alcalde—. Pongamos, por ejemplo —prosiguió sin alterarse— que han sacado doscientas reses en tres días.

—Ojalá —dijo don Sabas.

—Entonces, doscientas —dijo el alcalde—. Usted sabe cuáles son las condiciones: cincuenta pesos de impuesto municipal por cada res.

—Cuarenta.

—Cincuenta.

Don Sabas hizo una pausa de resignación. Estaba recostado contra el espaldar de la silla de resortes, haciendo girar en el dedo el anillo de piedra negra y pulida, los ojos fijos en un ajedrez imaginario.

El alcalde le observaba con una atención enteramente desprovista de piedad. «Esta vez, sin embargo, las cosas no terminan ahí», prosiguió. «A partir de este momento, en cualquier lugar en que se encuentre, todo el ganado de la sucesión de José Montiel está bajo la protección del municipio». Habiendo esperado inútilmente una reacción, explicó:

—Esa pobre mujer, como usted sabe, está completamente loca.

—¿Y Carmichael?

—Carmichael —dijo el alcalde— está hace dos horas bajo control.

Don Sabas lo examinó entonces con una expresión que lo mismo habría podido ser de devoción o de estupor. Y sin ningún anuncio, descargó sobre el escritorio el cuerpo blando y voluminoso, sacudido por una incontenible risa interior.

—Qué maravilla, teniente —dijo—. Esto debe parecerle un sueño.

El doctor Giraldo tuvo la certidumbre, al atardecer, de haberle ganado mucho terreno al pasado. Los almendros de la plaza volvían a ser polvorientos. Un nuevo invierno pasaba, pero su pisada sigilosa dejaba una huella profunda en el recuerdo. El padre Ángel regresaba de su paseo vespertino cuando encontró al médico tratando de meter la llave en la cerradura del consultorio.

—Ya ve, doctor —sonrió—; hasta para abrir una puerta se necesita la ayuda de Dios.

—O de una linterna —sonrió a su vez el médico.

Hizo girar la llave en la cerradura y luego se ocupó enteramente del padre Angel. Lo vio denso y malva al crepúsculo. «Espérese un momento, padre», dijo. «Creo que algo no anda bien en su hígado». Lo retuvo por el brazo.

—¿Cree usted?

El médico encendió la luz del saledizo y examinó con una atención más humana que profesional el semblante del párroco. Después abrió la puerta alambrada y encendió la luz del consultorio.

—No estaría de más que consagrara cinco minutos a su cuerpo, padre —dijo—. Vamos a ver cómo está esa presión arterial.

El padre Angel estaba de prisa. Pero ante la insistencia del médico, pasó al interior del consultorio, y preparó el brazo para el tensiómetro.

—En mis tiempos —dijo— no existían estas cosas.

El doctor Giraldo colocó una silla frente a él y se sentó a aplicar el tensiómetro.

—Sus tiempos son estos, padre —sonrió—. No les saque el cuerpo.

Mientras el médico estudiaba el cuadrante, el párroco examinó la habitación con esa curiosidad bobalicona que suelen inspirar las salas de espera. Colgados en las paredes había un diploma amarillento, la litografía de una niña solferina con una mejilla carcomida en azul y el cuadro del médico disputándose con la muerte una mujer desnuda. Al fondo, detrás de la camilla de hierro pintada de blanco, había un armario con frascos rotulados. Junto a la ventana, una vitrina con instrumentos y otras dos atiborradas de libros. El único olor definido era el del alcohol impotable.

El rostro del doctor Giraldo no reveló nada cuando acabó de tomar la presión.

—En esta habitación hace falta un santo —murmuró el padre Angel.

El médico examinó las paredes. «No sólo aquí», dijo. «También hace falta en el pueblo». Guardó el tensiómetro en un estuche de cuero que cerró con un tirón enérgico de la cremallera, y dijo:

—Sepa una cosa, padre: su tensión está muy bien.

—Lo suponía —dijo el párroco. Y añadió con una lánguida perplejidad—: nunca me había sentido mejor en octubre.

Lentamente empezó a desenrollarse la manga. Con la sotana de bordes zurcidos, los zapatos rotos y las ásperas manos cuyas uñas parecían de cuerno chamuscado, en ese instante prevalecía en él su condición esencial: era un hombre extremadamente pobre.

—Sin embargo —replicó el médico— estoy preocupado por usted: hay que reconocer que su régimen de vida no es el más adecuado para un octubre como éste.

—Nuestro Señor es exigente —dijo el padre.

El médico le dio la espalda para mirar el río oscuro por la ventana. «Me pregunto hasta qué punto», dijo. «No parece cosa de Dios esto de esforzarse durante tantos años por tapar con una coraza el instinto de la gente, teniendo plena conciencia de que por debajo todo sigue lo mismo». Y después de una larga pausa, preguntó:

—¿No ha tenido usted en los últimos días la impresión de que su trabajo implacable ha empezado a desmoronarse?

—Todas las noches, a lo largo de toda mi vida, he tenido esa impresión —dijo el padre Angel—. Por eso sé que debo empezar con más fuerza al día siguiente.

Se había incorporado. «Van a ser las seis», dijo, disponiéndose a abandonar el consultorio. Sin moverse

178

de la ventana, el médico pareció extender un brazo en su camino para decirle:

—Padre: una noche de estas, póngase la mano en el corazón y pregúntese si no está usted tratando de ponerle esparadrapos a la moral.

El padre Angel no pudo disimular una terrible sofocación interior. «A la hora de la muerte —dijo— sabrá cuánto pesan estas palabras, doctor». Dio las buenas noches, y ajustó suavemente la puerta al salir.

No pudo concentrarse en la oración. Cuando cerraba la iglesia, Mina se acercó a decirle que sólo había caído un ratón en dos días. El tenía la impresión de que en ausencia de Trinidad los ratones habían proliferado hasta el punto de que amenazaban con socavar el templo. Sin embargo, Mina había montado las trampas. Había envenenado el queso, perseguido el rastro de la cría y taponado con asfalto los nuevos nidos que él mismo le ayudaba a descubrir.

—Pon un poco de fe en tu trabajo —le había dicho— y los ratones vendrán como corderitos hasta las trampas.

Dio muchas vueltas en la estera pelada antes de dormir. En el enervamiento de la vigilia tuvo plena conciencia del oscuro sentimiento de derrota que el médico había inculcado en su corazón. Esa inquietud, y luego el tropel de los ratones en el templo y la espantosa parálisis de la queda, todo se confabuló para que una fuerza ciega le arrastrara hasta la turbulencia de su recuerdo más temido:

Recién llegado al pueblo lo habían despertado a media noche para que prestara los últimos auxilios a Nora de Jacob. Había recibido una confesión dramática, expuesta de un modo sereno, escueto y detallado, en una alcoba preparada para recibir a la muerte:

sólo quedaba un crucifijo sobre la cabecera de la cama y muchas sillas vacías contra las paredes. La moribunda le había revelado que su marido, Néstor Jacob, no era el padre de la hija que acababa de nacer. El padre Angel había condicionado la absolución a que la confesión fuera repetida y el acto de contrición terminado en presencia del esposo.

Obedeciendo las órdenes rítmicas del empresario, las cuadrillas desenterraron los puntales y la carpa se desinfló en una catástrofe solemne, con un silbido quejumbroso como el del viento entre los árboles. Al amanecer estaba plegada, y las mujeres y los niños desayunaban sobre los baúles, mientras los hombres embarcaban las fieras. Cuando las lanchas pitaron por primera vez, las huellas de los fogones en el solar pelado eran el único indicio de que un animal prehistórico había pasado por el pueblo.

El alcalde no había dormido. Después de observar desde el balcón el embarque del circo, se mezcló al bullicio del puerto todavía con el uniforme de campaña, los ojos irritados por la falta de sueño y la cara endurecida por la barba de dos días. El empresario lo descubrió desde el techo de la lancha.

—Salud, teniente —le gritó—. Ahí le dejo su reino.

Estaba embutido en un overol amplio y luído que imprimía a su cara rotunda un aire sacerdotal. Llevaba la fusta enrollada en el puño.

El alcalde se acercó a la ribera. «Lo siento, general», gritó a su vez de buen humor, con los brazos abiertos. «Espero que tenga la honradez de decir por qué se va». Se volvió hacia la multitud, y explicó en voz alta:

—Le suspendí el permiso porque no quiso dar una función gratis para los niños.

La sirena final de las lanchas, y en seguida el ruido

de los motores ahogaron la respuesta del empresario. El agua exhaló un aliento de fango removido. El empresario esperó a que las lanchas dieran la vuelta en el centro del río. Entonces se apoyó contra la borda, y utilizando las manos como altavoz, gritó con todo el poder de sus pulmones:

—Adiós, policía-hijo-de-puta.

El alcalde no se inmutó. Esperó, con las manos en los bolsillos, hasta cuando se desvaneció el ruido de los motores. Luego se abrió paso a través de la multitud, sonriente, y entró al almacén del sirio Moisés.

Eran casi las ocho. El sirio había empezado a guardar la mercancía exhibida en la puerta.

—De manera que también usted se va —le dijo el alcalde.

—Por poco tiempo —dijo el sirio mirando el cielo—. Va a llover.

—Los miércoles no llueve —afirmó el alcalde.

Estuvo de codos en el mostrador observando los nubarrones densos que flotaban sobre el puerto, hasta cuando el sirio acabó de guardar la mercancía y ordenó a su mujer que les llevara café.

—A este paso —suspiró como para sí mismo— tendremos que pedir gente prestada a los otros pueblos.

El alcalde tomaba el café a sorbos espaciados. Tres familias más habían abandonado el pueblo. Con ellas, según las cuentas del sirio Moisés, eran cinco las que se habían marchado en el curso de una semana.

—Tarde o temprano volverán —dijo el alcalde. Escrutó las manchas enigmáticas dejadas por el café en el fondo de la taza, y comentó con un aire ausente—: dondequiera que vayan, recordarán que tienen el ombligo enterrado en este pueblo.

A pesar de sus pronósticos, tuvo que esperar en el almacén a que pasara un violento chaparrón que por breves minutos hundió el pueblo en el diluvio. Luego fue al cuartel de la policía y encontró al señor Carmichael, todavía sentado en un banquillo en el centro del patio, ensopado por el chaparrón.

No se ocupó de él. Después de recibir el parte del agente de guardia, se hizo abrir la celda donde Pepe Amador parecía dormir profundamente tirado bocabajo en el piso de ladrillos. Lo volteó con el pie, y por un momento observó con una secreta conmiseración el rostro desfigurado por los golpes.

—¿Desde cuándo no come? —preguntó.

—Desde anteanoche.

Ordenó levantarlo. Agarrándolo por las axilas, tres agentes arrastraron el cuerpo a través de la celda y lo sentaron en la plataforma de concreto incrustada a medio metro de altura en la pared. En el lugar donde estuvo el cuerpo quedó una sombra húmeda.

Mientras dos agentes lo mantenían sentado, otro le tuvo la cabeza en alto, agarrándolo por el cabello. Habría podido pensarse que estaba muerto, salvo por la respiración irregular y la expresión de infinito agotamiento de los labios.

Al ser abandonado por los agentes, Pepe Amador abrió los ojos, y se agarró a tientas del borde de concreto. Luego se tendió bocabajo en la plataforma con un quejido ronco.

El alcalde abandonó la celda y ordenó que le dieran de comer y lo dejaran dormir un rato. «Después —dijo— sigan trabajándolo hasta que escupa todo lo que sabe. No creo que pueda resistir mucho tiempo». Desde el balcón, vio otra vez al señor Carmichael en el patio, con la cara entre las manos, encogido en el banquillo.

—Rovira —llamó—. Vaya a la casa de Carmichael y dígale a su esposa que le mande ropa. Después —agregó de un modo perentorio— hágalo venir a la oficina.

Había empezado a dormirse, apoyado en el escritorio, cuando llamaron a la puerta. Era el señor Carmichael, vestido de blanco y completamente seco, con excepción de los zapatos que estaban hinchados y blandos como los de un ahogado. Antes de ocuparse de él, el alcalde ordenó al agente que volviera por un par de zapatos.

El señor Carmichael levantó un brazo hacia el agente. «Déjeme así», dijo. Y luego, dirigiéndose al alcalde con una mirada de severa dignidad, explicó:

—Son los únicos que tengo.

El alcalde lo hizo sentar. Veinticuatro horas antes el señor Carmichael había sido conducido a la oficina blindada y sometido a un intenso interrogatorio sobre la situación de los bienes de Montiel. Había hecho una exposición detallada. Al final, cuando el alcalde reveló su propósito de comprar la herencia al precio que establecieran los peritos del municipio, había anunciado su inflexible determinación de no permitirlo mientras no estuviera liquidada la sucesión.

Aquella tarde, después de dos días de hambre y de intemperie, su respuesta reveló la misma inflexibilidad.

—Eres una mula, Carmichael —le dijo el alcalde—. Si esperas a que esté liquidada la sucesión, ese bandido de don Sabas acabará de contramarcar con su hierro todo el ganado de Montiel.

El señor Carmichael se encogió de hombros.

—Está bien —dijo el alcalde después de una larga pausa—. Ya se sabe que eres un hombre honrado.

Pero recuerda una cosa: hace cinco años, don Sabas le dio a José Montiel la lista completa de la gente que estaba en contacto con las guerrillas, y por eso fue el único jefe de la oposición que pudo quedarse en el pueblo.

—Se quedó otro —dijo el señor Carmichael con una punta de sarcasmo—: el dentista.

El alcalde pasó por alto la interrupción.

—¿Tú crees que un hombre así, capaz de vender por nada a su propia gente, vale la pena de que te estés sentado veinticuatro horas a sol y sereno?

El señor Carmichael bajó la cabeza y se puso a mirarse las uñas. El alcalde se sentó sobre el escritorio.

—Además —dijo finalmente en un tono blando—, piensa en tus hijos.

El señor Carmichael ignoraba que su esposa y sus dos hijos mayores, habían visitado al alcalde la noche anterior, y éste les había prometido que antes de 24 horas estaría en libertad.

—No se preocupe —dijo el señor Carmichael— Ellos saben cómo defenderse.

No levantó la cabeza mientras no sintió al alcalde pasearse de un extremo al otro de la oficina. Entonces lanzó un suspiro y dijo: «Todavía le queda otro recurso, teniente». Antes de seguir adelante, lo miró con una tierna mansedumbre:

—Pégueme un tiro.

No recibió ninguna respuesta. Un momento después, el alcalde estaba profundamente dormido en su cuarto, y el señor Carmichael había vuelto al banquillo.

A sólo dos cuadras del cuartel el secretario del juzgado era feliz. Había pasado la mañana dormitando en el fondo de la oficina, y sin que hubiera podido evitarlo vio los senos espléndidos de Rebeca de Asís. Fue como un relámpago al mediodía: de pronto se había abierto la puerta del baño, y la fascinante mujer, sin nada más que una toalla enrollada en la cabeza, lanzó un grito silencioso y se apresuró a cerrar la ventana.

Durante media hora, el secretario siguió soportando en la penumbra de la oficina la amargura de aquella alucinación. Hacia las doce, puso el candado en la puerta y se fue a darle algo de comer a su recuerdo.

Al pasar frente a la telegrafía, el administrador de correos le hizo una seña. «Tendremos cura nuevo —le dijo—: la viuda de Asís le escribió una carta al Prefecto Apostólico». El secretario lo rechazó.

—La mejor virtud de un hombre —dijo— es saber guardar un secreto.

En la esquina de la plaza se encontró con el señor Benjamín, que lo pensaba dos veces antes de saltar los charcos frente a su tienda. «Si usted supiera, señor Benjamín», inició el secretario.

—¿Qué es? —preguntó el señor Benjamín.

—Nada —dijo el secretario—. Me llevaré este secreto a la tumba.

El señor Benjamín se encogió de hombros. Vio al secretario saltar por encima de los charcos con una agilidad tan juvenil, que se lanzó también él a la aventura.

En su ausencia alguien había puesto en la trastienda un portacomidas de tres secciones, platos y cubiertos, y un mantel doblado. El señor Benjamín extendió el mantel en la mesa, y puso las cosas en orden para almorzar. Hizo todo con extremada pulcritud. Primero tomó la sopa, amarilla, con grandes círculos de grasa flotante, y un hueso pelado. En otro plato comió arroz blanco, carne guisada y un pedazo de yuca frita. Empezaba el calor, pero el señor Benjamín no le prestaba atención. Cuando acabó con el almuerzo, habiendo apilado los platos y puesto otra vez las secciones del portacomidas en su puesto, tomó un vaso de agua. Se disponía a colgar la hamaca cuando sintió que alguien entraba en la tienda.

Una voz soñolienta preguntó:

—¿Está el señor Benjamín?

Estiró la cabeza y vio a una mujer vestida de negro con el cabello cubierto con una toalla, y de piel de color de ceniza. Era la madre de Pepe Amador.

—No estoy —dijo el señor Benjamín.

—Es usted —dijo la mujer.

—Ya lo sé —dijo él—, pero es como si no lo fuera, porque sé para qué me busca.

La mujer vaciló frente a la puertecita de la trastienda, mientras el señor Benjamín acababa de colgar la hamaca. A cada inspiración escapaba de sus pulmones un silbido tenue.

—No se quede ahí —dijo el señor Benjamín con dureza—. Váyase o pase adelante.

La mujer ocupó el asiento frente a la mesa y empezó a sollozar en silencio.

—Perdone —dijo él—. Tiene que darse cuenta de que me compromete quedándose ahí, a la vista de todo el mundo.

La madre de Pepe Amador se descubrió la cabeza y se secó los ojos con la toalla. Por puro hábito, el señor Benjamín probó la resistencia de las cuerdas cuando acabó de colgar la hamaca. Luego se ocupó de la mujer.

—De manera —dijo— que usted quiere que le escriba un memorial.

La mujer afirmó con la cabeza.

—Eso es —prosiguió el señor Benjamín—. Usted
sigue creyendo en memoriales. En estos tiempos —explicó bajando la voz— la justicia no se hace con papeles: se hace a tiros.

—Lo mismo dice todo el mundo —replicó ella—,
pero da la casualidad que yo soy la única que tengo a
mi muchacho en la cárcel.

Mientras hablaba, deshizo los nudos del pañuelo que
hasta entonces había tenido apretado en el puño, y sacó
varios billetes sudados: ocho pesos. Los ofreció al señor
Benjamín.

—Es todo lo que tengo —dijo.

El señor Benjamín observó el dinero. Se alzó de
hombros, tomó los billetes y los puso sobre la mesa.
«Sé que es inútil», dijo. «Pero lo voy a hacer sólo para
probarle a Dios que soy un hombre terco». La mujer
se lo agradeció en silencio y otra vez volvió a sollozar.

—De todos modos —la aconsejó el señor Benjamín— trate de que el alcalde la deje ver al muchacho,
y convénzalo de que diga lo que sabe. Fuera de eso, es
como echarle memoriales a los puercos.

Ella se limpió la nariz con la toalla, se cubrió de
nuevo la cabeza y salió de la tienda sin volver la cara.

El señor Benjamín hizo la siesta hasta las cuatro.
Cuando fue al patio a lavarse, el tiempo estaba despe-
jado y el aire lleno de hormigas voladoras. Después
de cambiarse de ropa y de peinarse las pocas hebras
que le quedaban, fue a la telegrafía a comprar una
hoja de papel sellado.

Volvía a la tienda a escribir el memorial cuando
comprendió que algo ocurría en el pueblo. Percibió
gritos distantes. A un grupo de muchachos que pasó

188

corriendo junto a él les preguntó qué sucedía, y ellos le respondieron sin detenerse. Entonces regresó a la telegrafía y devolvió la hoja de papel sellado.

—Ya no hace falta —dijo—. Acaban de matar a Pepe Amador.

Todavía medio dormido, llevando el cinturón en una mano y con la otra abotonándose la guerrera, el alcalde bajó en dos saltos la escalera del dormitorio. El color de la luz le trastornó el sentido del tiempo. Comprendió, antes de saber qué pasaba, que debía dirigirse al cuartel.

Las ventanas se cerraban a su paso. Una mujer se acercaba corriendo con los brazos abiertos, por la mitad de la calle, en sentido contrario. Había hormigas voladoras en el aire limpio. Todavía sin saber qué ocurría, el alcalde desenfundó el revólver y echó a correr.

Un grupo de mujeres trataba de forzar la puerta del cuartel. Varios hombres forcejeaban con ellas para impedirlo. El alcalde los apartó a golpes, se puso de espaldas contra la puerta, y encañonó a todos.

—Al que dé un paso lo quemo.

Un agente que la había estado reforzando por dentro abrió entonces la puerta, con el fusil montado, e hizo sonar el pito. Otros dos agentes acudieron al balcón, hicieron varias descargas al aire, y el grupo se dispersó hacia los extremos de la calle. En ese momento, aullando como un perro, la mujer apareció en la esquina. El alcalde reconoció a la madre de Pepe Amador. Dio un salto hacia el interior del cuartel y ordenó al agente desde la escalera:

—Encárguese de esa mujer.

Dentro había un silencio total. En realidad, el alcalde no supo lo que había pasado mientras no apartó a los agentes que obstruían la entrada de la celda, y vio a Pepe Amador. Tirado en el suelo, encogido sobre sí mismo, tenía las manos entre los muslos. Estaba pálido pero no había rastros de sangre.

Después de convencerse de que no tenía ninguna herida, el alcalde extendió el cuerpo bocarriba, le metió los faldones de la camisa entre los pantalones y le abotonó la bragueta. Por último le abrochó el cinturón.

Cuando se incorporó, había recobrado el aplomo, pero la expresión con que se enfrentó a los agentes revelaba un principio de cansancio.

—¿Quién fue?

—Todos —dijo el gigante rubio—. Trató de fugarse.

El alcalde lo miró pensativo, y por breves segundos pareció que no tuviera nada más que decir. «Ese cuento ya no se lo traga nadie», dijo. Avanzó hacia el gigante rubio con la mano extendida.

—Dame el revólver.

El agente se quitó el cinturón y se lo entregó. Habiendo cambiado por proyectiles nuevos las dos cápsulas disparadas, el alcalde se las guardó en el bolsillo y le dio el revólver a otro agente. El gigante rubio, que visto de cerca parecía iluminado por un aura de puerilidad, se dejó conducir a la celda vecina. Allí se desvistió por completo y le dio la ropa al alcalde. Todo fue hecho sin prisa, sabiendo cada cual la acción que le correspondía, como en una ceremonia. Finalmente, el propio alcalde cerró la celda del muerto y salió al balcón del patio. El señor Carmichael permanecía en el banquillo.

Conducido a la oficina, no respondió a la invitación de sentarse. Se quedó de pie frente al escritorio, otra vez con la ropa mojada, y apenas movió la cabeza cuando el alcalde le preguntó si se había dado cuenta de todo.

—Pues bien —dijo el alcalde—. Todavía no he tenido tiempo de pensar qué voy a hacer, y ni siquiera sé si voy a hacer algo. Pero cualquier cosa que haga —añadió— acuérdate de esto: quieras o no, tú estás en el pastel.

El señor Carmichael siguió absorto frente al escritorio, la ropa pegada al cuerpo y un principio de tumefacción en la piel, como si aún no hubiera salido a flote en su tercera noche de ahogado. El alcalde esperó inútilmente una señal de vida.

—Entonces, date cuenta de la situación, Carmichael: ahora somos socios.

Lo dijo gravemente, y hasta con un poco de dramatismo. Pero el cerebro del señor Carmichael no pareció registrarlo. Permaneció inmóvil frente al escritorio, hinchado y triste, aún después de que se cerró la puerta blindada.

Frente al cuartel, dos agentes tenían por las muñecas a la madre de Pepe Amador. Los tres parecían reposar. La mujer respiraba con un ritmo apacible y sus ojos estaban secos. Pero cuando el alcalde apareció en la puerta lanzó un aullido ronco y se sacudió con tal violencia, que uno de los agentes tuvo que soltarla y el otro la inmovilizó en el suelo con una llave.

El alcalde no la miró. Haciéndose acompañar por otro agente, se enfrentó al grupo que presenciaba la lucha desde la esquina. No se dirigió a nadie en particular.

—Cualquiera de ustedes —dijo—: si quieren evitar algo peor, llévense a esa mujer para su casa.

Siempre acompañado por el agente, se abrió paso a

través del grupo y llegó hasta el juzgado. No encontró a nadie. Entonces fue a casa del juez Arcadio, y empujando la puerta sin tocar gritó:

—Juez.

La mujer del juez Arcadio, agobiada por el humor denso del embarazo, respondió en la penumbra.

—Se fue.

El alcalde no se movió del umbral.

—¿Para dónde?

—Para dónde iba a ser —dijo la mujer—: para la puta mierda.

El alcalde hizo al agente una seña de seguir adelante. Pasaron de largo, sin mirarla, junto a la mujer. Después de revolver el dormitorio y darse cuenta de que no había cosas de hombre por ningún lado, regresaron a la sala.

—¿Cuándo se fue? —preguntó el alcalde.

—Hace dos noches —dijo la mujer.

El alcalde necesitó una larga pausa para pensar.

—Hijo de puta —gritó de pronto—. Podrá esconderse a cincuenta metros bajo tierra; podrá meterse otra vez en la barriga de su puta madre, que de allí lo sacaremos vivo o muerto. El gobierno tiene el brazo muy largo.

La mujer suspiró.

—Dios lo oiga, teniente.

Empezaba a oscurecer. Todavía quedaban grupos mantenidos a raya por los agentes en las esquinas del cuartel, pero se habían llevado a la madre de Pepe Amador y el pueblo parecía tranquilo.

El alcalde fue directamente a la celda del muerto. Hizo traer una lona, y ayudado por el agente le puso la gorra y los lentes al cadáver y lo envolvió en ella. Después buscó en distintos sitios del cuartel pedazos de cabuyas y alambres, y amarró el cuerpo en espiral desde el cuello hasta los tobillos. Cuando terminó estaba sudando, pero tenía un aire restablecido. Era como si físicamente se hubiera quitado de encima el peso del cadáver.

Sólo entonces encendió la luz de la celda. «Búscate la pala, el cavador y una lámpara», ordenó al agente. «Después llamas a González, se van al traspatio y cavan un hoyo bien hondo, en la parte de atrás, que es más seco». Lo dijo como si hubiera ido concibiendo cada palabra a medida que hablaba.

—Y acuérdense de una vaina para toda la vida —concluyó—: este muchacho no ha muerto.

Dos horas más tarde aún no habían terminado de cavar la sepultura. Desde el balcón, el alcalde se dio cuenta de que no había nadie en la calle, salvo uno de sus agentes que montaba la guardia de esquina a esquina. Encendió la luz de la escalera, y se echó a reposar en el rincón más oscuro de la sala, oyendo apenas los chillidos espaciados de un alcaraván distante.

La voz del padre Angel lo arrancó de su meditación. La oyó primero dirigiéndose al agente de guardia, luego a alguien que le acompañaba y por último reconoció la otra voz. Permaneció inclinado en la silla plegadiza, hasta oír de nuevo las voces, ya dentro del cuartel, y las primeras pisadas en la escalera. Entonces extendió el brazo izquierdo en la oscuridad y agarró la carabina.

Al verlo aparecer en el tope de la escalera, el padre Angel se detuvo. Dos escalones más abajo estaba el doctor Giraldo, con una bata corta, blanca y almidonada, y un maletín en la mano. Descubrió sus dientes afilados.

—Estoy desilusionado, teniente —dijo de buen humor—. Me he pasado toda la tarde esperando a que me llamara para hacer la autopsia.

El padre Angel fijó en él sus ojos transparentes y mansos, y después los volvió hacia el alcalde. También el alcalde sonrió.

—No hay auptosia —dijo—, puesto que no hay muerto.

—Queremos ver a Pepe Amador —dijo el párroco.

Teniendo la carabina con el cañón hacia abajo, el alcalde siguió dirigiéndose al médico. «Yo también lo quisiera», dijo. «Pero no hay nada que hacer». Y dejó de sonreír al decirlo:

—Se fugó.

El padre Angel avanzó un peldaño. El alcalde levantó la carabina hacia él. «Quédese quietecito, padre», advirtió. A su vez, el médico avanzó un peldaño.

—Oiga una cosa, teniente —dijo, todavía sonriendo—: en este pueblo no se pueden guardar secretos. Desde las cuatro de la tarde, todo el mundo sabe que a ese muchacho le hicieron lo mismo que hacía don Sabas con los burros que vendía.

—Se fugó —repitió el alcalde.

Vigilando al médico, apenas tuvo tiempo de ponerse en guardia cuando el padre Angel subió de una vez dos peldaños con los brazos en alto.

El alcalde quitó el seguro del arma con un golpe seco del canto de la mano, y quedó plantado con las piernas abiertas.

—Alto —gritó.

El médico agarró al párroco por la manga de la sotana. El padre Angel empezó a toser.

—Juguemos limpio, teniente —dijo el médico. Su voz se endureció por primera vez en mucho tiempo—. Hay que hacer esa autopsia. Ahora vamos a esclarecer

194

el misterio de los síncopes que sufren los presos en esta cárcel.

—Doctor —dijo el alcalde—: si se mueve de donde está lo quemo —desvió apenas la mirada hacia el párroco—. Y a usted también, padre.

Los tres permanecieron inmóviles.

—Además —prosiguió el alcalde dirigiéndose al sacerdote— usted debe estar complacido, padre: ese muchacho era el que ponía los pasquines.

—Por el amor de Dios —inició el padre Angel.

La tos convulsiva le impidió continuar. El alcalde esperó que pasara la crisis.

—Oigan una vaina —dijo entonces—: voy a empezar a contar. Cuando cuente tres, me pongo a disparar con los ojos cerrados contra esa puerta. Sépalo desde ahora y para siempre —advirtió explícitamente al médico—: se acabaron los chistecitos. Estamos en guerra, doctor.

El médico arrastró al padre Angel por la manga. Inició el descenso sin volver la espalda al alcalde, y de pronto se echó a reír abiertamente.

—Así me gusta, general —dijo—. Ahora sí empezamos a entendernos.

—Uno —contó el alcalde.

No oyeron el número siguiente. Cuando se separaron en la esquina del cuartel, el padre Angel estaba demolido, y tuvo que apartar la cara porque tenía los ojos húmedos. El doctor Giraldo le dio una palmadita en el hombro sin haber dejado de sonreír. «No se sorprenda, padre», le dijo. «Todo esto es la vida». Al doblar la esquina de su casa vio el reloj a la luz del poste: eran las ocho menos cuarto.

El padre Angel no pudo comer. Después de que dieron el toque de queda se sentó a escribir una carta, y estuvo inclinado sobre el escritorio hasta pasada la media noche, mientras la llovizna menuda iba borrando el mundo a su alrededor. Escribió de un modo implacable, dibujando letras parejas, con tendencias al preciosismo, y lo hacía con tanta pasión que no mojaba la pluma sino después de haber trazado hasta dos palabras invisibles, rayando el papel con la pluma seca.

Al día siguiente, después de la misa, puso la carta al correo a pesar de que no sería expedida hasta el viernes. Durante la mañana, el aire fue húmedo y nublado, pero hacia el mediodía se volvió diáfano. Un pájaro extraviado apareció en el patio y estuvo como media hora dando saltitos de inválido por entre los nardos. Cantó una nota progresiva, subiendo cada vez una octava, hasta cuando se hizo tan aguda que fue necesario imaginarla.

En el paseo vespertino el padre Angel tuvo la certidumbre de que toda la tarde lo había perseguido una fragancia otoñal. En casa de Trinidad, mientras sostenía con la convaleciente una conversación triste sobre las enfermedades de octubre, creyó identificar el olor que una noche exhaló en su despacho Rebeca de Asís.

Al regreso había visitado a la familia del señor Carmichael. La esposa y la hija mayor estaban desconsoladas, y siempre que mencionaban al preso emitían una nota falsa. Pero los niños estaban felices sin la severidad del papá, tratando de hacer beber agua en un vaso al matrimonio de conejos que les había mandado la viuda de Montiel. De pronto el padre Angel había interrumpido la conversación, y trazando con la mano un signo en el aire, había dicho:

—Ya sé: es acónito.

Pero no era acónito.

Nadie hablaba de los pasquines. En el fragor de los últimos acontecimientos eran apenas una pintoresca anécdota del pasado. El padre Angel lo comprobó durante el paseo vespertino, y después de la oración, conversando en el despacho con un grupo de damas católicas.

Al quedar solo sintió hambre. Se preparó tajadas fritas de plátano verde y café con leche y las acompañó con un pedazo de queso. La satisfacción del estómago le hizo olvidar el olor. Mientras se desvestía para acostarse, y luego dentro del toldo, cazando los mosquitos que habían sobrevivido al insecticida, eructó varias veces. Tenía acidez, pero su espíritu estaba en paz.

Durmió como un santo. Oyó, en el silencio de la queda, los susurros emocionados, las tentativas preliminares de las cuerdas templadas por el hielo de la madrugada, y por último una canción de otro tiempo. A las cinco menos diez se dio cuenta de que estaba vivo. Se incorporó en un esfuerzo solemne, frotándose los párpados con los dedos, y pensó: «Viernes 21 de octubre». Después recordó en voz alta: «San Hilarión».

Se vistió sin lavarse y sin rezar. Habiendo rectificado la larga abotonadura de la sotana, se puso las agrietadas botas de uso diario cuyas suelas empezaban a desclavarse. Al abrir la puerta sobre los nardos recordó las palabras de una canción.

—Me quedaré en tu sueño hasta la muerte —suspiró.

Mina empujó la puerta de la iglesia mientras él daba el primer toque. Se dirigió al baptisterio, y encontró el queso intacto y las trampas montadas. El padre Angel acabó de abrir la puerta sobre la plaza.

—Mala suerte —dijo Mina, sacudiendo la caja de cartón vacía—. Hoy no cayó ni uno.

Pero el padre Angel no le puso atención. Despuntaba un día brillante, con un aire nítido, como un anuncio de que también ese año, a pesar de todo, diciembre sería puntual. Nunca le pareció más definido el silencio de Pastor.

—Anoche hubo serenata —dijo.

—De plomo —confirmó Mina—. Sonaron disparos hasta hace poco.

El padre la miró por primera vez. También ella, extremadamente pálida, como la abuela ciega, usaba la faja azul de una congregación laica. Pero a diferencia de Trinidad, que tenía un humor masculino, en ella empezaba a madurar una mujer.

—¿Dónde?

—Por todos lados —dijo Mina—. Parece que se volvieron locos buscando hojas clandestinas. Dicen que levantaron el entablado de la peluquería, por casualidad, y encontraron armas. La cárcel está llena, pero dicen que los hombres se están echando al monte para meterse en las guerrillas.

El padre Angel suspiró.

—No me di cuenta de nada —dijo.

Caminó hacia el fondo de la iglesia. Ella lo siguió en silencio hasta el altar mayor.

—Y eso no es nada —dijo Mina—: anoche a pesar del toque de queda y a pesar del plomo . . .

El padre Angel se detuvo. Volvió hacia ella sus ojos parsimoniosos, de un azul inocente. Mina también se detuvo, con la caja vacía bajo el brazo, e inició una sonrisa nerviosa antes de terminar la frase.